バラ色の息子をまるで祝福でもするように
四階の窓までのぞきにきた
一本のにれけやきのことを
あの木は空中であやとりするみたいに
何日も何日も息子をあやしていた
それから　何かの行き違いで
張り裂けんばかりになっていた私を
不意に　台所の隅でしっかりと抱いた
あなたのことを
あの生の全き充足のことを

現代詩文庫 220

思潮社

鈴木ユリイカ詩集・目次

詩集〈MOBILE・愛〉全篇

Ⅳ

詩人論・作品論

装幀・菊地信義

詩篇

詩集〈MOBILE・愛〉全篇

I

生きている貝

外では雪が幽かに降りはじめたようだ
「働きすぎじゃない？
あたしたちって、どうなるのかしら？」
24時間も眠らずに仕事をし
真夜中帰ってきたあなたが
ものも言わずビーフシチューを食べ
果物の皮をむくのを見ていた私は
何かの不安にかられ　あなたに聞いたのだ
音なしテレビの瞬きの中にいたあなたは
いよいよ寝床に入る段になって
ふすま一枚へだてた隣りの部屋から
ゆっくりと　答えた

「あの貝のこと憶えてるだろ？
ぼくらはあの貝のようになるのさ。」
ある夏　北の海岸で買ったその貝は
全く驚嘆すべき形をしていた
ヴァイオリンの先端のように渦巻いていて
手のひらのように星形に開いていたり
内側はバラのつぼみのように輝いていた
「どんなふうにあの形ができあがったんだろうね。海の運動や光や砂の温度からなのか、実際には食物を獲得するために、貝が少しずつ行動したかも知れない。ぼくらの貝は目には見えないから、どういう形をしているかわからないけれど、ずっと生きていれば、ある形ができあがると思うよ……。」

私はそのときひどく感動して
冷気の中で目をぱっちり開けた
生まれてはじめて　時間というものを
鮮やかに見たような気がしたからだ

すると　燃えたつ青空の中の透けるような
私たちという貝が見えてきた
「もちろん、死というものがあるから、完璧にはいかな
いけれどね。死という一点はぼくらにはわからないから、
ぼくらの形をあの貝のように完璧に見ることはできない
けれどね。」
「死ぬときあたしたちがどういう形をしているかわかる
かしら？」
「わかると思うよ。ごく自然な形でね。」
それから　あなたは眠りについたのだ

人間という貝を私はヨーロッパで
たくさん見てきたばかりだった
ミロのヴィーナスもサモトラケのニケも
ラオコーンもすばらしい形をしていたが
私がいちばん魅かれたのは
ミケランジェロのピエタだった
あれは息をひきとったばかりの聖らかな
息子イエスを抱く母親マリアの像なのだが

まるで死んだ恋人を抱く若い女のように
私には思われたのだ　あのように
純粋な抱擁を　私は見たことがなかった
それは白い冷たい椿の匂いのように
私の方に流れてきた

けれども　私の心の中に在る
私たちという貝は生きていて
これからどうなるかわからず
無限に熱を持ったもののように思われた

外では雪が降りしきっていた
私は目には見えない貝に心の中で
そっと触れてみた　すると
もはや時の刻みが痛いほどついていた
たとえ流砂のようにこぼれ落ちる
日々の空しさに私が生きていようと
私は憶えておこう
息子が生まれた日の青い濡れたような空を

そして病院から連れてきたばかりの
ガーゼに包まれた首のくにゃくにゃする
バラ色の息子をまるで祝福でもするように
四階の窓までのぞきにきた
一本のにれけやきのことを
あの木は空中であやとりするみたいに
何日も何日も息子をあやしていた
それから　何かの行き違いで
張り裂けんばかりになっていた私を
不意に　台所の隅でしっかりと抱いた
あなたのことを
あの生の全き充足のことを

嘆きの木の歌

I

木が見つめていた
ちょうど　あなたがストローで紅茶を飲み
声の中で人の生涯がゆるやかに倒れたとき
人々の手足に夕暮が紅茶色にひろがったとき
私は驚いてふりむいた

海のざわめきや崖と別れて
白いこうのとりと別れて
動物たちや稲妻とも別れて
二億年の霧の中を歩いて　ガラスの向うに
木がやってきていた
葉と葉のまぶたのきらめく緑のまなざし
静かなマントの　美しい私の友だち

木が見つめていた
そして　私たちが階段をおり　灰色の幹に
耳をあてに行ったとき
とほうもない沈黙の叫びを聴いたのだ
誰も聴いたことのない
白い苦しみの叫びを
夜が青い孔雀の羽をひろげるビルの向うで

2

木が見つめていた
明け方　恋人たちが針のように泣いていた
眠った街並をナウマン象が歩くように
ゆるやかに霧が動いていた
人間の眠りの中にもミルク色の
霧が流れていた
人間の眠りの中で
アダムがイブを財宝のように眺めていた
けれども　イブは傷つき糸のような血を
流していた
細い細い血はアダムの口の中であふれた
青黒いアダムは呻いた　犬のように呻いた
俺の心臓は？
ずぶぬれの心臓はどこにある？
木が苦い根を動かした
都会の底の深淵が開くのを
いくつもの深淵が開くのを
木は見つめていた

3

暗い枝から白い鳥がはじけた
真昼の空の時計が開いていた
子供は汗をかきビルの上でひとりだった
生まれてくる前もひとりで
生まれた後もひとりだった
子供には沢山の声が蜂の巣のように思えた
蜂の巣になった時間　蜂の巣になった心
蜂の巣になった未来
子供はきれいになりたいと思った
木は見つめていた
子供が時限爆弾のように飛び散るのを

4

木は見つめていた
階段の下に老人が住み　もうひとつの
階段の下に赤ン坊が住んでいた

老人は赤ン坊になりたがっていた
赤ン坊は老人になりたがっていた
恐しい苦しみ
二人はのろのろと
匙からスープを飲ませてもらう
もう死にたいと白い鳥が叫んだ
苦悩の千の太陽
苦悩の千の月
木は見つめつづけていた
別の階段の下に
もうひとつの宇宙の渦巻があった
けれども　やはりそこでも
オレンジの皮の内側で
男と女と子供が食事していた

音楽

臨終の父に　わたしは会いに行った
もはや　父であるとは
言えないような小男がそこに居た
インドの行者のように
極端に肉がこそげ落ち
最後の炎を燃やしていた

彼の生命を保つために
細い体のあちこちに
機械の管が差しこまれていた

父は小さな海岸のように横たわっていた
シーツの波がふくらんではへこみ
恐しい呼吸音がふいごのように
丸い口からあふれては消え
消えてはあふれた
灰色の海水が
狭い岩間にあふれては消えるように

わたしは涙を流した

意識はあるのだろうか？
ないのだろうか？
もう目が見えないはずなのに
ひどくおだやかな
ひどくやさしい目が
未知の動物か何かのように
わたしを見つめていた

いまでは　微細な微細なことが
重要だった
すなわち
恐しい勢いで　痛みや苦しみから
屈辱や恐怖や戦慄から
なにものかが彼を
爆発のように怒りのように叫びのように
解放しようとしていた
青い波しぶきをあげて
うねりうずまき逆まきながら

恐しく長いことわたしは
その呼吸音を聞いていた
十二の昼と夜
彼の海は荒れ狂った　なぜなら
彼の心臓は丈夫だったから

これがわたしの聴いた
もっとも美しい音楽である

明け方
彼の海に白い雪が降った

顔

この世には神秘としか言いようのない顔が
幾つもあるものらしい
燃えさかる黄金のツタンカーメンの顔も
緊張のダビデの顔も

細かい雨のように絶えまなく震える
ピカソの「泣く女」の顔も
モナ・リザの顔も
月光菩薩の顔も
いつまでも見あきないが
いま　わたしが魅かれている顔は
チチアーノが描いたカルル五世の顔である
この美しい男の顔は幾世紀も超えて
わたしに何かを語りかける

この顔は意識というものを初めて持った顔なのだ
チチアーノは　いままさに
ルネッサンスの黄金時代が終ろうとする
その瞬間を描いたにちがいない

カルル五世
彼は並はずれてたくましい男で
赤いビロートの椅子に腰かけ
右手に皮手袋を持ち
左手に皮手袋をはめたまま
ふいに深い瞑想におちいったかのようだ
彼は王であることも忘れ　背後で
満々と満ちあふれた黄金の世紀がふいに
翳り始めたのを感じているひとのようだ
美しいものがあとからあとから落下し
青春も愛も神すらもが消えていこうとするのを
見ているひとのようだ

ひと晩まんじりともせず　彼の顔を
見つめていたわたしは　ついに
彼がこうつぶやいているのを聴いた　と思った

「神よ　あなたが　長い間
これ程深遠で　これ程繊細で
これ程恐しい欲望に満ち　これ程苦悩に満ちた
人間のひとりひとりに耐えられたとは
わたしには思えないのです

あなたは初めから
消滅したがっていた　そして
何万年も前にあなたはこの地上から消滅していたのです

ただ　幾人かの人間のうち
ごく限られた少数の人間たちが
深いあこがれから　狂気のように
人間の領域を超え　犠牲をとおして
あなたに向ったのです

そして　彼らの生の軌跡から
その生命が消えいる地点から
その明るい輪郭から　わたしたちは
あなたを想像します

燃えさかる闇の実在を　そして
この広大な燃えさかる宇宙の炎の縁では
太陽すら平凡な星にすぎないのです

けれども　わたしは感じます
今日一日のささいなわたしの苦しみが
やはり　あなたの傷口を開くのだと……」

鐘が鳴り終ったら……

鐘が鳴り終ったら
人間の頭ほどのガラスの器の
ピンク色のシャーベットを食べ終えて
濁った金色の河が流れる
ヴェッキオ橋の夕日を眺めようか？

鐘が鳴り終ったら
赤いドウモの宇宙的階段を昇って
全フィレンツェを眺めようかしら？

鐘が鳴り終ったら　マルコ
あなたと一緒にミケランジェロの

「暁と黄昏の門」「昼と夜の門」の前に立ち
永遠の男と女を眺めてみたい

鐘が鳴り終ったら　マルコ
ギベルティの黄金の扉の前に立ち
池のような目の老馬を撫でるだろう
こわくないの？
大丈夫　耳が垂れているとき彼はおこってない
ほら　触ってごらん
死にそうな思いでわたしは馬の首に触る
馬に乗ったことある？
ないわ
ぼくは故郷のウェルズでいつも乗っていた
ひゅうひゅううなるウェルズの草の中

鐘が鳴り終ったら　マルコ
アルノ河にゆったり沈む太陽の長い溜息
8時にヴェッキオ橋で再会した
あなたとわたしのために抱き合ったっていい

ドストエフスキイの「白夜」みたいに
20世紀の終りに近い日
奇蹟のように約束を果した2人のために
そのとき　わたしたちの胸の伽藍《ドウモ》がいちどきに鳴り響く
だろう
ひゅうひゅううなるウェルズの草の髪

鐘が鳴り終ったら　ディヴィット
けれども朝わたしたちはシエナに出発するだろう
わたしは疲れて居眠りするだろう
11時のユースホステルに走って帰ったあなたも居眠りす
るだろう
バスは満員で二人はミケランジェロのピエタみたいに
わたしはイエスみたいな格好で
あなたはマリアみたいな格好で
白い大理石の眠りを眠るだろう
ゆうべ　ホテルに蚊がいっぱいいて少しも眠れなかった
のよ
窓を開けちゃだめだよ

蚊はベニスからわたしについてきたの
あの頽廃《デカダンス》という成熟した美がゆるやかに
死んでいく　豪奢な水の都で
わたし少しばかり死のことを考えた

鐘が鳴り終ったら　ディヴィット
夢のように透明なシエナを歩くだろう
市役所で皮張りの重い古文書に触ったり
メジチ家の薬袋の紋章をここでも見つけたり
ＳＦみたいに幻想的な市役所員が歩くのを見るだろう

鐘が鳴り終ったら　リー
白と黒の大理石の眩暈がするような大教会で
あの優しいラファエルロに会うだろう
ああ　天井に星をちりばめた
生きている宝石箱の教会で
わたしたちの足もとに　凄惨な石細工の
「ヘロデ王の嬰児殺し」を見るだろう

鐘が鳴り終ったら　リー
そのとき　大オルガンが鳴り響き
何者かが血を流しているかのように
祭壇をゆらめき天井画の星を動かし
ラファエルロの赤い聖衣をゆらめかし
ミケランジェロのピエタの白い悲しみに触れ
床をすべり　古い水盤の聖水をゆるがし
内陣から正面《ファサード》へ　白と黒の列柱へ
階段をすべり　金色に震える外気へ
音楽って　きみ好き？
ええ　とっても
ぼくもさ

音楽は昔リュノスという神のごとき若者が
死んだとき空間が歎き悲しみ鳴り出したと
リルケが言ってるわ
わたしは　いま　それがわかった
内陣の奥で何者かが血を流しているように
わたしに　伝わる

鐘が鳴り終ったら
シエナの広場で祭りが始まるだろう
わたしたちはその広場が
ヴィーナスが生まれた貝殻の形に開くのを見る
そこでわたしたちは皆　黒山のヴィーナスになる

鐘が鳴り終ったら
ああなんて美しい町なの？
わたしは誰？　どこから来てどこへ行くの？
わたしと一緒に歩いてるあなたは誰？
あなたは金色の髭の数学者
ギリシャの神々のひとりのよう
雨ばかり降るケンブリッジから逃亡してきた
ランニングシャツとパンツで
なるべく陽にあたりたいと思い
カンカン照りでムシムシする
東京からやってきたわたしは
なるべく日陰に入りたいと思う

鐘が鳴り終ったら
銀の耳のオリーブの葉の震え
アインシュタインは北イタリアで
相対性理論を発見したわ　E = mc^2
あなたは何を発見したの？
日本人の女の子のミステリアスな目
ありがとう　あなたはほんとに紳士的ね
でもあなたに決して言えないことが一つある

万物ハ相対的ダトシテモ
アジアノ苦悩ハ深イノデス

鐘が鳴り終ったら　マルコ
もう一度ローマに戻ったっていい
それとも　ぶどうを一房食べようか？
あなたは人生で何が大事？
お金　それから　友だち　きみは？
ああ来年は月収40万円の未来の大学講師よ

24歳のマルコ・ディヴィット・リーよ
あなたはなんて若いんだろ
両方は手に入らない
一日　考え考えてから　わたしは言う
お金もいいけれど貧乏もいい
貧乏な人たちは何もないところで
工夫して人生を楽しむから
それから　とても不思議なことを言う
ぼくは神はこの世にいると思う

鐘が鳴り終ったら
アーチ型の窓の若い夕暮
きみは人生で何が大事？
革命
えっきみは左翼なの？　それとも右翼？
わたしは左翼でも右翼でもなく
どの政治イデオロギイにも属さない
ただ　わたしは新しくなりたいの
たとえばこの美しいシエナを人々が造ったのは
あるとき人間が人間を美しいと信じたから
ルネッサンス人はわたしたちよりずっと新しかった
殆んど神と同じように　すると
あなたは笑った　24歳の美しい笑い

鐘が鳴り終ったら
けれども鐘は鳴り終らない
わたしたちは別れ
あなたは霧のケンブリッジへ
わたしは排気ガスの東京へ
鐘は鳴り終らない　もう一年も
わたしの頭の中で響いている　あれから
わたしの父が肺ガンで死に
冬の青空と赤いナナカマドの実になってしまった

鐘は鳴り終らない
韓国とアフガニスタンと南米とイランで銃声を聴き
お正月に　インドシナの難民の
子供たちの写真を見た

わたしは見たのだ　マルコ
赤ン坊が真黒い猿のような頭をして
死にかけているのを
あの赤ン坊は赤ン坊なのに
生命体の最後の姿をしている
（もし神がいるとしたらあの子の頭だ）
地球が生命の最終形態だったらどうなるのだろう？
フィレンツェは？　東京は？　ロンドンは？
太平洋は？　大西洋は？　インド洋は？

わたしは三鷹のアパートで
皿を何枚も何枚も洗いながら考える
鐘は鳴り終らない　いつまでもいつまでも
子供たちが飢えて死ぬうちは
戦争があるうちは
マルコ・ディヴィット・リーよ
あなたの頭の中でも

キューブ・美しい男の肖像のための四つの詩
ホルスト・アンテスの絵に

I　意識

なぜ私はこのように言うのだろう
なぜなら私は不思議なものが好きだから
不思議なものを
不思議に言いたいからなのだ

その男は半ば開かれたドアの向うで　驚愕したように目を開き　私を見つめていた　情事は成し遂げられたばかりであった　その男は太陽のように輝き　いま　ひとりの女を焼き殺したばかりであった　窓の外の空を巨大な鏡の鳥がすべり　彼の白い耳のパラボラアンテナが微かに震えた　彼はなぜ　私にそれを隠そうとしたのか　殺害はどのように行われたのだろう　弦楽器の音のように息絶えているのは　ひとりの女ではなく　ひとりの少年なのかも知れない　階段を昇って誰かがやって来た

すなわち　音楽が！　夏が！　血は流れたのだろうか
リノリウムの床に　彼は殺害者なのか　目撃者なのか
彼の肉体《からだ》からだあとからだあとからだ金色の木の葉が散
っているからだ　いやいや　そうではない　彼は殺害さ
れたのだ　顔の左の頬に罐ビールの穴のような形の黒い
穴がある　いま彼の肉体《からだ》から死が恐しい勢いで吹き出し
ている　重い弦の音

なぜ私はこのように一瞬のうちにひとりの男の生涯を
見透してしまったのだろう

椅子が倒れるとともに世界は崩れた

Ⅱ　肉体

鏡の服を着て
見えたり隠れたりする私は誰？
私は誰と言う私は誰？

記憶のフィルムをひも解けば　彼は海を持っていた

目を閉じれば夜がやって来て　夜がやって来れば海であ
った　塩からい苦い思い出とともに彼は緑色にざわめき
あふれあふるる愛であらゆるものに涙を流した　彼の最
も深い内部でいつも生命の時計が時を告げていた　卵の
時代か翼の時代か地を這う時代か地を駆ける時代か　彼
が最も愛した時は！

しかし比較的印象深いのは夢みる時代であった　そこ
では植物がただひたすら太陽光線をむさぼり喰い　グリ
ーンだけ残して夢の肉体をひろげていた　しかしガラス
やアンモナイトの時代もすばらしかった　彼はアンモナ
イトの時代に巨大になりすぎたのだ

宇宙の静けさ　重い地球が回転する音を聴きはじめて
から　彼は珊瑚礁のように透明な波に逆らって成長しは
じめた　智慧の始まりが無垢の終りを告げていた

しかし彼の目の奥には
もうひとつの美しい目が開いていて

その目は常に未来を志向している

Ⅲ　危機

はっきりさせたいのだ！
私は突然叫ぶ
彼は居るのか
居ないのか
どこへ消えてしまったのか
彼は居る

世界は火事であった　真赤に燃える焼けつくような世界の真只中で彼はただただ痛みだけを感じていた　そこいらじゅうが爆風であおられ悲鳴をあげていた　子供たちが死んでだらりとたれさがり　母親たちが赤の青の黄色の紫のカナキリ声をあげていた　母親たちが黙ればもう世界には何もなかった

頭を三日月のようにそぎとられ　彼は三日月のような細い目を鋭く開けていた　圧力釜のように世界が彼を縮めていた　ときどき彼は見えなくなった　彼は新聞の中をころげまわる活字であり　有刺鉄線にたれさがるぼろ切れであり　破壊された白い森であり恐怖であり木の根の中の死んだ本だった

《もう遅すぎる》彼の繊細な繊細な手はつぶやいた
《手榴弾をにぎることもピアノを弾くこともうできやしない》

Ⅳ　時間

時間時間というものは本当に在るのだろうか？
私が眠ると時間はない
私が飛行機に乗ると時間はない
音楽の中に時間が在るのかも知れない

そして　彼は一人ではなくなった　彼は二人　三人　四人　五人……百一人……千五十人だった　彼は彼そっくりの息子をながめた　なんと遙かな光景が彼と彼の息子の間に横たわっていたことだろう　彼は都市であり顔

であり神殿であり列柱から流れ落ちる階段の滝であり群集でありどよめきであり土埃であり何万キロも旅する足であった　また彼は山の端に沈む日の金色の糸であり竪琴であり悲しみでもあった　ひとりの女が仰向けのスフィンクスのように横たわっていた　山や青空や夕暮を呼ぶように彼は女を呼んだ　もし時間というものが本当に在るとすれば　とほうもない愛の中にだけ在るに違いない　女は夕暮の見えない糸にひかれて彼のところにやって来た　彼は熱い洞窟の中のかがり火となった　すると　流れ星や牛や干草や動物たちのほの白い呼吸が彼のところにやって来た　ブーメランのように確実に返ってきて彼を傷つける死がやって来るだろう　不思議な声がして彼は彼から離れるだろう　死者たちが彼をとおり過ぎて行った　彼は　となかいの骨や石に何かを刻みつけた　すなわち私は在ると

MOBILE・愛

A

その玩具はごくありふれたモビールで非常に軽い銀色の金属片が一本の糸を中心にゆるやかに回転する仕組になっている。夜明けが乳色の霧を流し女を眠りから目覚めへ目覚めから眠りへゆるやかにゆすぶる。女は白い指で紫色の紅茶をかきまぜた。子供が目を覚ます気配がした。男は眠っていた。

女はモビールを見つめた。モビールは軽やかに動いていた。モビールが動くために鳥が飛び、雨が降り、人間の不思議な声が立ち昇った。砂漠のうねりや海の重い言葉や遠い国の事件にもモビールは動き、太陽の六千度の熱にもモビールが反応することに女は気づいた。

見えないものや意識を超えているもののことを女は思った。なぜモビールは見えていて見えないのだろう？部屋の中で宇宙の木のようにすさまじい勢いで回転しているのだろうか？　宇宙の木　白い時間の実がぶつかり

合う音がする　土星の横顔が見えた　青と白のすじの帽子　空気の微細な重なりの中で宇宙の木モビールは立っていた。甘い歌を歌いながら。

B

私が愛について何も知らないのは何も言えないからだ。私は感じている。あなたを愛していますと言っても言葉は私からこぼれ落ちてしまう。

けれどもひとりで居るときなどに見えもせず触れもせず時間もなく、そこに在るものに向いあって半透明な状態でそれは在ると感じる。それは動いている。私の内部の海や音楽のうねりのように。私は〈愛〉と言ってみる。すると消える。

私たちは食事をした。子供があぶなっかしい手つきでパンにチーズをつけたものをほおばるのを見る。あなたが珈琲をかきまわす匙の音を聴く。子供が見知らぬ人物のように見える。私たちは海岸のまぶしい光線の中で消えいりそうに食事しているのではないか？

風が吹くと私たちは砂浜に何の痕跡も残さず消えてしまうのではないか？　いつからこの子供は私たちの間に居るのか？

私は激しく驚く。私たちは荒々しい海の波に打ち寄せられ恍惚となりながら上陸したのではなかったのか？子供は私たちの線に沿って宇宙の真ン中からやってきたのではなかったのか？　おお、海がこぼさぬようにしっかりと抱きかかえている見えない重い地球。愛。そして、あなたは幾日も幾日もするどい鳥となって私の海の底を渡ったのだ。生命のガラス玉演戯。子供は私の胎内に居るとき何もかも知っていたのだ。誕生とともに何もかも忘れたのだ。子供は縞模様のシャツを着てしたり顔でサラダを食べる。

C

世界の現象というものはいつも目に見えている。私は街をひとりで歩く。すると街はガラスの爪で動物のように私に襲いかかり、私を分析し、私を噛み砕き、私を吐きすてる。夏の日、冬の道、豹変する数字、乾いた死の記号。波打つ群集。

しかし、真実を探すのはむずかしい。私は紙のビルディングに入り、片隅のグラビア写真がひとりでめくれてこげるのを見た。私は写真の中にひとりの子供の赤いズルムケの背中を見た。被爆した子供の、瀕死のその子供の顔は驚くほど静かで驚くほど安らかであった。私はその子供が自分の息子に似ていると思った。

D

このように女は見えるものと見えないものの間に二重に生きている。言葉にできるものと沈黙の間に。モビールは動き続けている。

いつかあなたも女もコップ一杯の海水になるかも知れない。いつか宇宙の果ての青いしみの微生物である人間は闇の根から透明な導管に吸いあげられるだろう。宇宙の木の果ても知れぬ木の葉。見えない花々。宇宙の木、それは回転する回転する。無数の時間の白い実。夜が明ける。

冬の胎児

《核戦争後の地球》をテレビで見たあと
地球が不気味な雲に覆われるのを見たあと
生きているものが地上からなくなるのを見たあと
台所でガタガタ震え　皿を洗ったあと
接吻のあと　あなたの頬を手で覆い
取り返しのつかない悲しみに襲われたあと

木から木の葉が散るように
私から言葉があとからあとから散り
すっかり空っぽになったあと
台所の椅子に腰かけ　何日も何日も
透明な日々が通りすぎるのをながめたあと

ふいに　ポメラニアンのように
私の足に冷たいものが触れるのに気づき
青い青い涙をいっぱいにためた地球が
私と同じようにいっぱい涙をためた地球が

カレンダーから抜け出してきたのに驚き
おお　巨きさとか速さとかがなければ
両手をひろげ　おまえを
抱きしめることもできよう　地球よ
そして　そっとカレンダーに返してあげたのだ

おお　素直になろう
私の息子の好きな鰐のいる輝く河の地球
タケミの好きな月ノ輪熊のいる地球
私の母の家から見えるリンゴのなる木の育つ地球
キョウコの好きな白い百合の花の咲く地球
ノリコの好きな美しい鳥の飛びかう地球
クミコの好きなガラスの摩天楼のある地球

そして　私は聴いたのだ　遙かかなたから
言葉がミルクを流し無限の心がつぶやくのを
「私は大地の下の黒ダイヤの目である
私は燃えたつ心臓のマグマである
私は海の内部の見えない胎児である
私は言葉の星でありその言葉で光る
そして　私はきみらの未来である」

Ⅱ

氷河時代

いまは氷河時代なのかも知れない
もし詩が生えるとすれば詩人の耳の奥で
恐怖のアスパラガスが
得体の知れない植物が
青白い光を求めて生えるだけなのかも知れない

そうして　月は毎夜　戦争の国を渡り
心臓のふくれあがった黒い木のそばで
飢えで腹のふくれた子供の眠りを
慰めることもできない

月よ　涙あふるる球体よ
45億年と13時間も地球とつれそい
夜な夜な　恋人たちの美しい浜辺をひろげた
地球の花嫁よ
いま　おまえは渡る
真二つに折れ曲ったタイタニックのように
沈んでいく世紀をのせた
凍ったガラスの河の都市を渡る
狂気のように伸びひろがる電流の河が
人々の眠りの中でスパークする

　人々は明日を養うことができない
　人々は眠りの大地で明日を組立てることができない

電車に乗って男は兵士のように行き
電車に乗って男は兵士のように帰る
「みんな眠ったか?」　男は囁き
マシーンの玩具を握って眠る子供の寝顔を見つめる

「みんな眠ったか?」　月はガラスの河を渡る
月は女たちが孤独に目を覚まし
女たちの欲望が黒い森のように拡がるのを照らす

ほんものの焼けつく戦場の丘では
いま死んだばかりの裸の若い兵士が
遠い木と青い空を見つめている
兵士の目に死の蟻が襲いかかるのを
誰も止めることができない

「みんな眠ったか?」　月は囁く
けれども　飢えた子供たちは眠れない
飢えの苦痛のために顔がひどくゆがむ
あの子たちは冬の蠅のように動けない
枯草の汁を飲み腹を押えて
熱病のように襲いかかる飢えにふるえている
美の戦争の国では美が捉えられている
美は剝製の動物のように

死の美術館で何千年も眠りにおちいる
かつては　生きている黄金の光の翼を拡げて
船を守った　栄光の船首像は
大理石の死んだ目を
空ろな石室に投げかける
月は見ている
美の裏通りを
悪魔の卵のような白い核爆弾が
ガラガラとひきずられて行くのを

　人々は明日を養うことができない
　人々は眠りの大地で明日を組立てることができない
「これでは誰も眠れないな」　月は囁く
組織の戦争の国では鉄柵の向うで
人々が寒いオリンピックを競う
霧雨の中で裸の男や女が走ったり
跳びあがったり　円盤を投げたりする
誰も見る者がない淋しいオリンピック

国境のあたりでは青い悪寒が走る悪寒が走る
風邪気味の月がくしゃみをする

女たちの戦争の国では
女たちが噛み合っている
女たちは署名する　女たちは拳でたたく
女たちは恐しい叫び声をあげる
「あたしたちが　あたしたちは　あたしたちの　あたし
に　あたしを　あたしの　あたしが　あたしあたしあた
しあああああたしい」
女たちは男の論理をぐるぐる廻る

神経の戦争の国では
人々はテレヴィジョンの前にすわり
ガラスのふくらんだ目で
死んだパンダを見つめる
野性は消えた　思考も霧の旗の陰にかくれた

時間の戦争の国では

ネオン管のはじける白い蛇が
人々の眠りの中まで伸びひろがり点滅する

　人々は明日を養うことができない
　人々は眠りの大地で明日を組立てることができない

人々が組立てるのは時間だ
時間のビルディング　時間の都市
時間という球体である果物　時間のハム
鰐のように人間を嚙む時間のタクシー
時間のセックス　時間の子供
時間の小学校　時間の若者
真夜中きっかり12時
時間という駅のホームに　若者たちは
緑色のアスパラガスのように立ち並ぶ
そして　この若者たちは聞く
どこかで何億という花々が
時間というギロチンに切断され
悲鳴をあげるのを

否と時間のない詩人は言う
傷つけられたのはアルタミラの壁ではない
傷つけられたのは愛なのだ　愛、愛
わたしたちの内部の大地なのだ
死んだのは二匹のパンダばかりではない
死んだのは海なのだ　海、海
切断されたのはハムでも
エンゲージリングでもない
切断されたのは思想なのだ　思想、思想
月よ月よ　死よりも空ろな地球をどうするのだ

否と詩人は言う
月よ　よく探してほしい
どこかに重い氷河の下を
マンモスのように歩きまわる
まだひえぬ心臓を持つ人々が居るはずだ
彼らの流す血が氷河を貫いて見えるはずだ

月よ月よ　もっとよく探してほしい
この孤独な人々を
彼らの顔は氷河の奥で稲妻のように光るのだ
彼らが夜空に顔を向けるとき
未知の星の熱い流れが降るのだ
あふるる涙のように

子どもに贈る

子どもよ　おまえがのぼったのは
なんの木？　春には桜がおどろいていた
たくさんのかがやく目が
あたらしいともだちをさがすのにおどろいていた

子どもよ　おまえはしっている　灰いろの
どの枝がいちばんひんやりして
どの枝がいちばんすばらしいか　ひみつのひみつ
夏のけやきがすずしい葉で　おまえをかくした

それから　たかい梢に夜がのぼり　若い枝から
月がのぼった　かえり道
どの子にも　どの子にも
月はついて行った

秋には金のかんむり　きんもくせい
あまいかおりをすいながら　明るい枝でおまえは歌った
すんだ声でおまえは歌った　するといちょうも歌った
みんなみんな金いろだった

そして　いまは冬
木はなにしてるの？
木はえいえんをみつめているのだ　子どもよ
ガラスの空　やがて雪がふる……

いつもいつもおどろいている　子どもよ
おまえはおどろきながら　理解する
ミニカーは金属のスピードで

じゅうたんのさばくを走った
ゆめの中でどんどんおおきくなるしろい馬
みどりがめ　みどりがめは　めずらしい
とんぼのせなかには神さまがいるんだよ
神さま　どうしてあなたは神さまなの？

てつぼうでぐるりとまわったら　空がうごいたよ
ビルディングの巨人
におくねんもいきた恐竜はもうしんじゃった
びょうきのとき体の中でピカピカひかる星はなに？

いちごのたねは外にある　パイナップルも
にわとりは下から上にまぶたをとじるんだよ
かなしいかなしいしろい日
テレビの中ででんきをたべる怪獣はこわい

プールの中で目をひらくと鯨になったみたい
ひょいと立ったあかいこま　ああびっくり

ひっこしていったともだちはだれ？
それから　おまえがはっけんした夏の日

おまえがはつめいしたプラスチックのとうめい鰐
うっとりとけたアイスクリーム
ああ　ああ　おまえはすばらしい
おまえはおどろきながら　おおきくなる

けれども　子どもよ　おまえより
もっともっと　おどろいているものがある
うちゅうの本をながめると　おまえのせなかで
そっとしずかな目をひらき

のぞいているのはだれ？
おまえのように　かんがえる頭をもち
みらいのように　うつくしい目
すいへいせんのまぶたとまぶたのうらに
黄金《おうごん》のしんじつをみつめる日

よるからひるへ　ひるからよるへ
ぐるぐるまわるのはだれ？
スーパーカーよりもはやく

ジェット機よりもおもく
マッハのスピードでうごいているのはだれ？
あんまり巨きくてわからない
あんまりすばやくてわからない

ねむっているのか
目をさましているのか　わからない
それは子どもよ　おまえそっくりの
やわらかい頭の　この地球なのだよ

雪がふるとおもうのだよ　子どもよ
あとからあとからふってくる
このしろいせかいのずっとむこうに海がある
海にまっすぐきえる雪

それはとてもふしぎだよ　子どもよ
あとからあとからふってくる
このしろいせかいのずっとむこう　くらい海の
そのまたむこうに　太陽のあかちゃんがねむってる

バラいろの手と足をちぢめてねむってるとね
雪がふるとおもうのだよ　子どもよ
わたしは　こうして　ふたつの手をひろげ
せかいのはてまで　おまえをだきしめる

雪がふるとおもうのだよ　子どもよ
おまえもいつかしずかになるだろう
そして　おまえもいつか　人間になるだろう
かずあるふしぎの中で　いちばんふしぎなもの

人間になるだろう　すると
ひとつの声がおまえにきこえてくるだろう
かぜのように木の中をすりぬけ　とおい都市の
ずっとむこう　さばくのはてから　海をわたり

鳥のように　空からまいおり
するどく　つよく
ひとつの声がおまえをよぶだろう
そのとき　おまえはふるえるのだ

その声をだれでもしっている
おまえのおとうさんもきいた
おまえのおかあさんもきいた
おじいさんも　おばあさんもきいた

霧のくににきえていったひとびとも
この世にうまれたひとびとは
みんなその声をきいたのだよ
この世のはじまりからおわりまである声

人間の　人間の　人間につながる声
なんといっているのか　よくわからない
すきとおっていて
音楽のように　いみがわからない

おまえもきがつくだろう
さばくのむこう　人間のかおをしたライオン
スフィンクスの声なのか　そうでないのか
わたしにはわからない

ときどき…………
その声が…………わたしには…………
…………こうきこえることがある
「ただ在《あ》れよ……正《ただ》しく在《あ》れ」

木に触わる盲目の男の歌

ヘルツォークの三重苦の人々のドキュメント映画を見て

向う側では
虎が跳ねている
向う側では

孔雀が羽をいっぱいにひろげる
向う側では
鳥が高く輪を描き高い塔のまわりを
ぐるりとまわる
向う側では
都市《まち》をめぐって山が静かにうねっている
丘のうえには
三本の木が揺れ
雲の偉大な物語をする
頁をめくると　白い鳥が
運河の向うまで夜明けをひきずっていく
鳥たちはああ何ていいいんだろう
何ていいんだろう
鳥たちの心臓は何てやわらかいんだろう

たとえば　それは
夜になって心臓をおさえて眠る
俺の心臓のようではないだろう
俺は運河のようにひとりぼっちだ

どことも知れず流れていく
もう何年も流れている
もし俺に俺が見えたら　こんな不安そうに
どきどき脈打っている心臓のことを
心配することもないだろう

もし俺に俺が見えても
俺の心臓を見ることはできないだろう
手袋の激しく広がる四つの室を
ひとつの室は洞窟を前にして
きれいな悲鳴をあげる百合の花が咲いている
ふたつ目の室はリスが一匹住んでいて
みっつ目の室では虎が窓から跳びだそうとしている
よっつ目の室には
一本の木が生えていて
夜から昼に生えていて
叫びのように葉を伸ばし
宇宙の真ん中で輝いている

もし俺に俺が見えても
俺の心臓の木をこんなふうに見ることはできないだろうて

思い煩うな

レオナルド・ダ・ヴィンチの「メデューサ」を眺める

思い煩うな　メデューサよ
青ざめた額を走る稲妻
漆黒の闇をのたうつ髪よ
たとえ　光であろうとおまえが目を開くとき
わたしは痛みを感じるであろう　けれども
もう　わたしは恐れない
たとえ　わたしが石になろうとも

不幸は繊細な通底器
わたしは日々水を飲むように　少し
ものを食べるように　少ししか
それを受けとることができない
ともかく　ひとびとは生きぬいてきた
ひきずられひきずりながら　幾世紀も
しかも　ひとびとは受けとってきた
その手に　その顔に　その腕に　その心臓に
原子爆弾を　ナパーム弾を　雪の下の虐殺を
動物の悲鳴を　植物のもがきを
麻酔をかけられた文明を　おびただしい死を
いまもなお夢の中で疾走する暴力
腕組みした怒り　無関心　差別　不正　運命
そして　死また死！
ひとびとは受けとってきたのだ
殺し殺されながら　幾世紀も　長い悪夢を
しかも　ひとびとは生きぬいてきたのだ

わたしはもう　恐れない
おまえが目を開き　わたしを見つめ
たとえ　わたしが石になろうとも
この世紀の終りに　何か想うことがあるかね？

メデューサよ　不安なためいき
重いまぶたの下の永劫の原苦よ

不幸は繊細な通底器
それはわたしの手にしたたり落ちる霧雨のようだ
それはわたしの手から他人《ひと》の手にしたたり落ちる
それは無数に集まり　ひろい集められ
流れとなり　いつか瀑布となるだろう
この世紀の終りに
世紀は傾いている　気をつけなければ
ひとびとは瀑布となって
地球の縁から流れ落ちてしまうだろう

けれども　思い煩うな　メデューサよ
ひとびとはもう　恐れてはいない
ただ少し疲れているだけだ
こよい　タクシーに乗る女のように
彼女はぐるぐるまわる都市を見る
彼女は髪についた霧を払いのけることができない

けれども　彼女はフロントグラスのように
明晰だ
彼女は知っている　ぐるぐるまわる顔の中に
鏡があると
そして　彼女は少し眠りたいだけなのだ

メデューサよ　こよい
あの無数の灯の中で　金を数える者
食事をする者　子どもを寝かしつける者
孤独に悩む者を　そっとしてやってほしい
そっとしてやってほしい　こよい
愛しあう者たちを　ふたりの頬は熱のためにバラ色で
額は不安のために震え　手は雪のように冷たい

ぐるぐるまわる無数の顔の中に
一枚の　巨大な鏡があり
それはいつか　おまえをうち砕くだろう
それが人類の夢で　その夢が人類なのだ

Ⅲ

きのう　霧の中で

きのう　霧の中で　あなたにあった
わたしはもうわからない
何がなんだかわからない
あなたは白髪の階段を昇り
わたしの目の中に千個のフラッシュをたき
優雅に重い夢をすべっていった

あなたはダブルハートで
全くすてきな新聞紙だった
小さい指で文明という文明を紙飛行機みたいに折り
時間の果てに飛ばしてしまった

わたしは道路にゲンコツがはえているのを見た
音はわたしをピックルスのようにビンづめにした
時間がつみかさなった街で
クレーンが悲しい動物のように首をたれていた

きのう　霧の中で　あなたにあった
わたしはもうわからない
何がなんだかわからない
それでも　わたしは感じていた
レコード盤の下の悲惨を
瀕死の都市が赤ン坊を抱くのを
わたしは見ていた

こんなことって　ありうるかしら？
ほんとうに戦争だと思いながら
わたしは愛の唯なかにいた

わたしは交叉点を裸で走り
黒いエレベーターに吸いこまれた
そのときだ　あなたが消えたのは
こんなことって　ありうるかしら？
わたしは現在を現在を捉えることができない

きのう　霧の中で　あなたにあった
あなたはスフィンクスで夢みる都市で
ゆっくり目をつぶり
ゆっくり目をひらく　のらしい

できるなら　高速道路に横たわる夕暮のように
深々と霧のマントにつつまれて
ゆっくりタバコを吸ってみたい
夜こそ　あなたの輝く顔だ
きらめく絹のライトの帯をしめ
限りなく全体で　限りなく全体で

わたしはまだ千年も若い
そして千年も未熟だ
そうだ　明日
わたしはあなたに新しい太陽をあげよう
「現代」も成熟しなければ
幾つもの思想のようにビルが育ち
あの自動車が愛のように動く日に

文明の底で

どうしてそのとき　わたしのなかに
強いかなしみがおこったのだろう？
白いアパートの中にわたしはひとり腰かけていた

窓の外では雪が降りしきり
あたりいっぱいに静けさがひろがっていた
すると瞳が　なんといっぱいに開かれた瞳があったこと
だろう

フリージャは固いつぼみからすばやく流れるように
立体的な吊鐘に変身するとき
うつむいた踊り子が一方の手を高くあげて
カスタネットを鳴らすように小刻みに震えていた

けれどもそれをみているとわたしのなかで
あたらしいかなしみが強くひろがった
みえない手で　わたしは下の方で重いフォークをにぎり
上の方でサラダを食べていた

いつまでも雪は降りやまず　どこかで
扉が急激に開かれ　誰かが
折れ曲ったコンクリートの階段を降りていく靴音がした

わたしは瞳をみひらいたままのぞきこんだ
かなしいわたし自身を
花びらの黄色は　切断された茎は
なにか緊迫して水を飲んでいた

いま　世界の底で
透明な破壊がおこなわれているにちがいない
そして　残酷で明るい手が音もなく
千年も目覚めていたガラスのスフィンクスを崩している
　にちがいない

冬の生活
わたしが複数だった頃の日記より

I

こうして重い頭をもたげると
部屋はいま　あたらしく息をひそめて呼吸しているよう
だ
半透明の瞼を透して　開け放たれた緑の窓がある

わたしは見つめている　遠くからのように
雪があとからあとから落下するのを
ふと　世界は盲になってしまう
やわらかな肩の向うで
海の　つめたい脳髄の球がころげこむのを
わたしは黙って見つめている
何を待っているのか　わたしは知らない
けれども　あの高い梢のあたりから

はりつめた空の神経へ　めざめふるえ
なにかが飛び出していくような気がする
生き生きと冷気を駆けめぐって
屋根のひさしが氷の帽子をかむる

Ⅱ

めざめているのだろうか？
ねむっているのだろうか？
意識の果ての　しろい国　果てしない呼吸の領土
ただすみやかに時が流れていく
そしてひろがっていく
自転車の車輪がかろやかにすべっていく
一つの光景が　わたしの前方にひろがっている

回転しているのはわたしの椅子なのか？
数かぎりない星の衝撃をかんじながら
落下する手を　叫びを
わたしは落ちていく　わたし自身の中へ

回転しているのは椅子なのか？
それとも　わたし自身なのか？
おまえはまだ愛しているのか？
じっとしているとわたしよりも巨きくなる苦悩に満ちた
　美しい斜面を
戦争や病んだ地層にいためつけられたこの星の斜面を
一日をきしみながらも
あらゆる誠実さをこめて行進しているあの斜面を

Ⅲ

ああ　何と多くの夜がこの部屋でつかい果されたことか
柔らかい脳髄の部屋を
昼の輪転機がめくる

わたしは住んでいる　白い都市の
ガラスの種子が蒔かれる洲のほとりに

わたしは手をかざす
闇の手

顔の手
シャンデリアの手
指の間からあたたかい星が生まれ顔をおおう

もしかしたら
わたしはできるかも知れない
たとえば　この手で
空を鋤で掘り起し　青い畝をつくろう
松の種子やクロッカスの球根を植えよう
空の豪華なカレンダーに
輝く数字の球根を植えつけよう
しなやかな曲線を描いて鳥が
日々をめくる
薔薇色の光線が窓ガラスを横切るとき
ゆっくりと　時禱音楽がしたたり落ちる

眠りの腕がふいにわたしを抱きしめにやってくる
ゆるやかな海の内部の胎児
信じられないようなやわらかな髪の地球

まだ見ぬ未来

新しい世界

I

朝の食卓であわただしく珈琲を啜りながら
一見何でもない一日が始まろうとしている
何でもなく重くも軽やかでもない一日が

けれども　地球のはるかに遠いところで
かすかな磁場が生まれ
私は指からはたりと新聞を落してしまう
驚きながら　私は突然深く知る
新しい世界が
ひとつの抗いがたい衝動のように
生まれようとしているのを

私は感じる　千年もの間沈黙していた人々が
飢えや怒りや貧しさに　苦しみや憎しみに
爆竹花火を仕掛けたと　世界の一角が
崩れる音を　私は聴く　深く聴く

2

今日　ひとりの少年はいう
ぼくは生まれた　金色の蠅の目の中から
ひびわれた井戸の縁　病んだ河のほとりで
ぼくは眠った　黄麻のハンモックに揺られて
機関銃の炸裂音がぼくの子守歌だった
空は美しかった　密林も色濃くみどりだった

けれども　ぼくは見た
ぼくの国の飢えた人々が
何千万もの手足を動かしながら
棒切れのように　黄色い洪水のように
地面を這っていくのを
ぼくのおじいさんの目には死んだ星が落ち
ぼくのおかあさんの顔は壊れた壺のよう
そして　妹たちのふくらんだ腹

ぼくらに泥を喰えというのか
炸裂したジュラルミンの破片を喰えというのか
ぼくは出かけていった
裸足に夥しい血をつけながら
ちぎれたシャツから五本の指をつきだして
灼熱の長い長いアスファルトを歩いていった

ぼくは叫ぶ
一つは　ぼくのように新しく生まれたばかりの
泣き叫んでいるぼくの国をたたえるため
一つは　ぼくの口に入れるものを
きみからうばうため
ぼくが鳴らす
アルミのコップと錫の匙の音を聴け
世界よ　ぼくの名を恥しめるな！

3

また　私を驚かすのは新しい世界がときおり
闇のように地上を覆うときだ
ひとりの男の背中の闇が
青空と白く輝く摩天楼をさえぎるときだ

今日　ひとりの青年はいう
ぼくはいない　きみらの明るい手足がぼくを消した
きみらの目が　ぼくの目を見えなくさせた
きみらの息が　ぼくの喉をしめつけるのだ

だから　ぼくはきみらの影となり
きみらの背後からぴったりついて歩くのだ
夜も昼も　ぼくはきみから離れはしない
きみらの歩いた世紀の道を
ぼくはぼくの闇で閉じこめてしまうだろう

聴いたことがあるか
場末の穴ぐらから　苦しまぎれにもれてくるあの熱い音
　楽を
ぼくの皮膚のように黒い歌を
ぼくは金属の豹となって路地から路地をさまよう
きみらを引き裂くために

きみらは見たか　ハーレムの暗いレンガに
ぼくが描いた　美しい戦慄の物語を　偉大な黒い太陽の
　物語を
ぼくは貧しさの壁だ　憎しみの旗だ
きみらの眠りの中で　嵐をはらんでひるがえる旗だ

世界よ　ぼくは一つの意志をはらんだ黒い肖像だ！

仕立屋

仕立屋の店のガラスの向うには
黒い一角獣の

古いミシンが置いてある
絹のような電球の光に照らされて

仕立屋は老いたる妻と
終日　奥のテーブルの前にすわり布を裁断する
昼と夜を切り開くみたいに
大胆に　細心に　生き生きと

外では霧が降り　ネオンが降り
梧桐の葉がひらめき　雪が汚れ
店のガラスをダンプカーが震わせ　埃が舞いあがり
バスの乗客がすれちがっていくのに

仕立屋は気がつかない
街がいつのまにか動きだし　道路を掘り起し
木々を倒し　白いコンクリートを埋め
光を奪い　彼の喉をしめつけているのに

仕立屋は老いた妻と
終日　奥のテーブルの前にすわり
丸い鉄縁の眼鏡の目をほそめて針に糸をとおす
眠そうに　疲れて

仕立屋はかがむ　彼の妻とむきあい
一日一日の歩みのうえに
黒いインキのような濃密な生のうえにかがみこむ
ほかのことは　彼は何も知らない

水仙――あるいは女の百年

古い家では
蚕が桑を喰む音が雨のようにたえまなく聞えてくる
畠の畝畝をとおって重苦しい風が吹いてくる
若い女はたえまなく手足を動かし
白くうごめく蚕に桑の葉を与えている
若い女は休むことができない
燻んだ柱　ほの明るい障子の向うで

朝から働いていた家族の皆が土間に腰かけ
茶を啜ったり　沢庵を囓ったりしているのに
若い女は休むことができない
若い夫は彼女を呼ぶことができない
誰も休むように彼女を呼んではくれない

蚕は桑棚のうえで　しゃあしゃあと音をたて
濃い緑の葉を喰んでいる
若い女に重い疲れがのぼってくる
臼のような腰から瞼の裏までのぼってくる
ほんの少しでも動くのをやめたら　きっと
激しい睡魔が女を打ち負かしてしまうだろう
蚕が眠り　桑を喰み　また眠っても
女は眠ることができない
蚕がすきとおるようになり　白い糸を出し
繭の中にすっかり自分を閉じてしまっても
女は眠ることができない

古い家の中では
薄暗い闇が　うつろにただよっている
女はただ黙って床を磨いたり　蒲団を干したり
豆の皮をたたいたり　井戸の水を汲んでいる
ジャングルを歩くように女は歩く
敵意に満ちた無数の目の中を
人生の根もとで深くからみあって
ほぐれない声の中を
うずくまった罠の中を歩いている
ただひたすら歩いている
〈生きる〉というこの張り裂けんばかりの無限のときを
麦踏みのころ
するどい風が高い木立を吹きぬけて大地に降りてくる
若い女は麦のうえを
生きている緑の線のうえを
木のローラーを押しながら歩いている
木のローラーのはしごのうえに彼女の息子が乗っている
女は息子に黙って話しかける
だんだん重くなってくる息子よ
もっと重くなれ　もっと重くなれ

わたしがおまえを支えきれなくなるまで
わたしはずっと待っている
おまえが大きくなるのをただ黙って待っている
じきにわたしは老いすっかりつかい果たしてしまうだろう

そしたら　こんどはおまえがわたしを支えておくれ
暗い竈《かまど》を壊して新しい台所を造っておくれ
わたしは明るい居間でただうつらうつらしていたい
梅の花の咲くころに　白い夢をみて

けれども息子が大きくなっても彼女は休めないだろう
息子はひっそり村を去り何日も帰って来ないだろう
彼は闘わなければならない　遠い都市《まち》の
垂直に立っている鋼鉄のジャングルのうえで
地上40メートルのめまいがするビルのうえで
強風にあおられ泣きながらスパナを振っているだろう
煌々と照らされた真夜中の地下を
あらんかぎりの力で掘り起しているだろう
これが人生の歌だ

あんまり重くて歌えない……

だから春よ　春よ　つつましくきいておくれ
あのかわいらしい声を
あの古い家の庭先で
明るく輝く水仙が吹きだすときに
そっとなでておくれ　優しい指でなでておくれ
あの香りの強い娘たちが
根雪の下の球根の中で
どんなに長く待っていたか
どんなにじっと耐えていたか
誰も知らない　誰も歌うことができないのだから

歌

あの青い空に消えていったものたちよ
神々よ　巨人たちよ
優しい目をした動物たちよ

星よ　花々よ
海に輝く筋をひいて消えていったものたちよ
ずいぶん長いことわたしは忘れていた
ずいぶん長いことわたしは信じられなかった
信じられなかった　そうか
帰ってきたのだね　ほんとうに　いま確かに

幼い頃の物語　甘く冷たい泉のように
わたしの喉をうるおすものたちよ

青い空の巨人よ
いまは地下深く眠りながら
小さいたくさんの花をつけている
わたしの目にあまたの花を映している

わたしには　いま　わかる
わたしには　いま　見える

青い空の巨人よ　冬の枯草となりふるえていると
風や急流についても　そうだ
急流は変り者で孤独でいつも口笛を吹いていた
いまも吹いているのだね
青春のように自由な歌をうたってるんだね
あまたの街を通り過ぎ
夢の岸辺で葦とあったんだね

急流よ　おまえも年をとるだろう
いつか巨きな洲にたどりつくだろう
それは都会だ
いつも夢みた見知らぬ都市なのだ

急流よ　それからもっと年老いて
おまえは死にはいるだろう
しかし　それは海で　もう口笛ではなく
おまえは深い海をうたうだろう

消えていったものたちよ
しかし　もどらぬものもある
海がすくいあげる星
星がすくいあげる海
あの見えない手
それはずっと高いところでまたたいている

しかし　もどらぬものもある
それははじめて
あなたがわたしを見つめた日
わたしがふるえた日
逃げてしまった夏の道

冬　あるいは死

地平線のむこうに
燃えつきてゆく金色の燠
日が沈む

冬の果樹園では薔薇たちも葡萄蔓も
眠っている
かすかにかすかにそよいでいる芝生は
巨人の白い髭よりも固い
冷たい庭園では
園丁が静かに神秘的な手つきで
土を掘り起している
その手つきは　いつまでもいつまでも
気がかりに続いている
彼には刺繍の裏側が見えるのかしら？
真四角に刻まれ透きとおった水の側で
小さな声がする
あの薔薇はほんとうに咲くかしら？
いつ咲くの？

おそらく　地上は時の流れのほとりに
おそらく　この地上は巨きな時の流れのほとりにあって

重い洲のように存在するのかも知れない
なぜならここではいつも見えない力が働いて
事物《もの》や人の姿を変えていくのだから

そして　都会もまた砂が動くように
毎日少しずつ形を変えていく
水鳥のようにひそやかに夕暮がやってきて
建物にするどい影を落すとき
広場では人々が問いかけるように孤独につぶやいている

――あの静まりかえった空はどこへ行ったの？
　消えてしまったのかしら？
　ここでは地上も地下も鋼鉄とガラスがひしめいてい
　るばかり　四角い窓が冷たくわたしを見つめ　路は
　わたしに「行け」「停まれ」と命令し　電車のドア
　は「ぐずぐずするな」と追いたてる

いったい誰のためにこれらの街はあるのか？

――わたしは落ちているのか？　昇っているのか？　こ
　の無限に連打する時の階段で　靴　靴　靴の波に押
　されながら

――わたしはあのきらきら輝いている人々のようではな
　い　流線形の車のガラスの向うで清潔な指と白いシ
　ャツの人々のようではない　あの人々はわたしの触
　れられない世界に居て　わたしとは別の呼吸をして
　いる

けれども夜というものがやってきて
柔らかな海のように都市を沈め
見えていたものを見えないものに
見えないものを見えるものに変えるとき
人々の魂は牡蠣のように輝くだろう

そこで疲れた少女は
ひとりの見知らぬ男に出会うだろう
そうして　少しのあいだ

音楽のように手に手を取って
冬木立の中を歩き
そして　別れるだろう
それから　幸福そうにつぶやくだろう
わたしはひとりの男に恋をした
けれどももう別れてしまったの
彼はあんまりわたしに優しかった
あんまりわたしを幸福にした
それでわたしはこわくなったの
だって彼の名は「真実」だったから

あれはどんな流れだったのか

あれはいったいどんな流れだったのか
　ヴィンセント・ヴァン・ゴッホの
苦悩の日々をはげしくきらめき流れていったのは
彼は額をおおう手を　放した
　すると　彼のなかを

黄金のしぶきをあげて　神が息づくのを
　彼は感じた
抗いがたい衝動が　彼の手を動かすのを
　彼はおさえきれなかった

わたしは　まだ見たことがない
あのように愛のまばゆい雰囲気に満ち満ちた物たちを
　見たことがない
彼は変えた　キャンバスにおしげもなく投げつけた
椅子を　鳴り響くオルガンに　空に
薔薇を　咲きこぼれる書物に　男の顔に
アルルの吊橋を　青春に　よろこびに
子供の顔を　とうもろこしに
廃坑を　冬の巨人に
じゃがいもを喰う人々を　神の美しい影に憩う人々に
白い巨木を　静かな老齢に
夜のきらめく教会堂を　男の狂った脳髄に
そして　黄金の麦のうねりを　ただ明るい死に

彼はあらゆるものをすっかり変えた
　彼自身でさえもすっかり変えてしまったのだ
全感覚をあげて　大地に吸いこまれる人のように

わたしは　まだ見たことがない　あのように
　澄んだ美しい目の郵便夫を見たことがない
花模様の壁紙を背景に

そのとき　きっと　ヴィンセント・ヴァン・ゴッホを
　神が見つめたのだ
ほんの一瞬　彼は耐えた　あらんかぎりの力をふりしぼ
　って　天使と闘うヤコブのように
だから　苦しまぎれに　あんなにも燃える糸杉は渦巻
　き　熱い宇宙になったのだ

彼は　神を使い果し
彼は　貧しく目を閉じた
いまは　彼の胸に夏草が匂っているだろう
いまはもう　彼はいない　明るい淵があるだけ

けれども　わたしの胸には　あの黄金のしぶきがうなっ
　ている
あらゆる美はおそろしい
けれども　美に流れていくあらゆる魂はもっとおそろし
　い

Ⅳ

いるかいるか

一九六二年ラジオドラマ「いるかいるか」のためのエスキス
北海道放送

いるかいるか　どこにいるか
とんでいるか
はねているか
かがやくくにぐにをまわっているか
　おまえが何であってもいい

　いってみたくなるんだ
頭が空にふきぬける海のはて
頭が空にふきぬける青のはて

いるかいるか　どこにいるか
よるねているか
ひるねているか
まぶたのうらにいるかいるか
　何ていいんだろいるかいるか
　何てすばらしいいるかいるか
水平線すれすれに　とびあがりとびあがり
青い詩を書いているかいるか

いるかいないか　どこにいるか
いるかマイルカ*
いるかくたばるか
交叉しているかロミオとジュリエットいるかいるか
　おまえが何であってもいい
　ねむりよわたしのそばにいておくれ

このふきあげる青のなか
このふきあげる海のはて

＊マイルカ　いるかの一種の名前。
＊なおこの声はドラマの中で南方の海に散った特攻隊の英霊の声となっている。

いい匂いのする棺のための歌

さあ　さがして　さがして
どこの石の下?
どの森の果て?
馬に乗って行ったたって
斧を振り振り行ったたって
タイコをたたいて行ったたって
肩を組み組み行ったたって
行きつく所は同じとこ

タダ時間ノ問題　ジカンノモンダイ

誰だって　そうだ　あなただって
髪をきれいになでつけて
　どろんこ服のまま
誰ということもなく
　誰だかわかりゃしない
もう忘れてしまって忘れ果て
せいせいする程一人っきりで
　ひとりぼっちで
わけもなく自由にまっしぐらに
落ちて行くんだ落ち込むんだ
落ちてから方向をさがす
　もう出口なんかありゃしない
あなただって　誰だって
御慈悲無用　御慈悲無用
グリュック　グロック　グリュック
グリュック　グロック　グリュック

さあ　数えて　数えて
今夜は幾人？
誰と誰？
月の裏で一人と子宮の中で二人
海の上で三人とシーツの上で五、六人
誰だって　そうだ　あなただって
水夫同様　代議士同様
王様同様　門番同様
手足を折り曲げ赤ン坊みたいに
泣くことだってあるんだ
　すすり泣くことだって
なんだって　どのつらさげて
死ななきゃならないんだ
　くたばらなきゃ
悪いことなんかしないのに
　これっぱかしもしないのに
ソンナコトハ問題ジャナイ　問題ジャナイ

グリュック　グロック　グリュック
頭に詩をかざり　頭に死をかざり
柩車が通ります　柩車柩車
雨も降らない冬空に

さあ　昇って　昇って
一気にかけ昇って
石畳の上に　積んだ藁束の上に
垣根を越えて　鳥の高さを越えて
空気を手のひらでたたきたたき
飛ぶみたいに　歌うみたいに
昇って　昇って
びくびくするなよ　来いってば
ラーラおばさん　こわくないの？
そうさね　わたしにゃ　死ぬことも生きることぐらい優
　しくなったからね
いつなの？
じきだよ

グリュック　グロック　グルュック
ラーラおばさん　こと切れた
すばらしいといって　こと切れた
グリュック　グロック　グルュック
グリュック　グロック　グルュック
グリュック　グロック
グリュック
クリッ　クルッ　クリッ　クロッ
誰？　そんなところで首つりしたのは

部屋

花がありますね
むらさきの
壁の力とあざやかに増してくる内部
貧しき者に残された夕暮
この部屋は二十万年前は象の肺でした

この部屋は百年後は輝くジュラルミンです
時間などなければこの部屋はあなたです
椅子が倒れました
ああ
もしひとつのことができるなら
私は美しく狂いたい

おひなさまのかたな

はじめてのあいうえお

小学校にあがったとき
はじめての《あ》は赤い風船みたいに
あっというまにノートからとんでいきました

いろいろな色のクレヨンで
インディアンの羽みたいに
いっぱいかいた《い》はきれいで
いまでもおぼえています

うたをうたうと
うれしそうにまあるいくちから生まれました
うちゅうの《う》

《え》はええと　むずかしく
えんぴつをなめなめ
えらそうにかきました

でも　わたしのすきだったおとこのこ
音楽のじかんにけんかして
おひなさまのかたなをかしてくれませんでした
《お》とこのこって　とってもふしぎ

風のない風車

夜の耳をくぐりぬけながら歩いていると
突然　足もとのしずくにつまずいた

よく見ると鳥の耳だった
発作的にわたしはそれに向って敬礼した
鳥の耳
神さまが忘れていた形がよみがえってくる
耳
耳
耳
耳のゼロ
耳のわたし
耳からみみず
耳からおこぜ
耳から櫂
耳から水族館
ショオウインドウから耳から
大理石の銀行から耳から
紙くずだらけの市民公園から耳から
三角錐からテレビ塔から耳から
短波放送から三半規管から耳から
時間の高層建築物から耳から

鉄筋コンクリートから溶鉱炉から耳から
鉄かぶとから耳と耳の戦争から
ゲルニカからピカソから耳から
裸の生まれたままの赤ン坊から耳から
優しさから夕暮から平和から耳から
恋をしている青年から耳から
太陽から目もくらむ労働者から耳から
季節のない浮浪者から耳から
片足の子供たちから不幸な耳から
誰にも愛されない耳から
誰かに愛される耳から
アスファルトからバタ屋の耳から
捨て子する母親の耳から
子供のない夫婦の耳から
金貸しの耳から
イヤリングをつけた娘たちの耳から
格子の耳から囚人たちの耳から
格子の耳から看守の耳から
牛たちの耳から

市場の耳から
おかみさんの耳から
アフリカ人の耳から
ペキン原人の耳から
毛のはえたエスモキーの耳から
自由な耳たち
ほんとうの耳たち
闇をたちきる光の耳たち
柔らかな水の耳たち
わたしは耳たちに敬礼する
何もきどらずに
スキップするときのように
わたしは耳たちに敬礼する

誰かがマッチをすって通りすぎたので
わたしは回転を止めた
わたしたちが夜の粘土をこねているそばから
お母さんたちが朝のスプーンをそろえる
銀製の象の耳

そこで
耳の歴史が始まる

わたし

わたしは小さな労働者だ
みずみずしい時間のデザイナーだ
朝は生まれた
半熟卵の中から今日というひなが生まれた
夜は死んだ
電車通りで疲れた今日という鳥がひかれた
かつて
わたしは探しもとめた
昼から夜の中を
銀のさじでおしはかろうとした
樹の笑いや
空の身ぶるいを
沢山の色面にばらまいた

あなたがたが
ママンを愛するように
あなたがたが
子供らをうらやむように
わたしは一個の労働者だ
風と太陽
時間の城
そうしたもののすべてを測り
造り直す測量士だ
貧しい食事や
わたしの鍋たち
壊れた石畳や
めくらのはなし
それらはわたしの背景なのだ
わたしは決して休まない
わたしは決して眠らない
わたしが子供を思うとき
わたしが恋人を思うとき

ズボンをはいた男

ひとりぼっちで
雨に打たれて
骨まで濡れて
あたたかなからっぽな胸を持って
どこからやってきたのか
あなたは
わたしの前で
大きな優しい嘘の地図を広げて
疲れた未来の路を歩けと命じたのは
気づかわしげな
生まれたてのごまかしで
何も言わずに
二本の腕で
わたしの鳥籠をつくったのは
何のしぐさだったのか
あなたは
嘘の街で嘘の階段を昇り

不幸な宮殿に昇りつくまで
自分を選べず
何ものもふりかえらず
すべての破壊のために
どうして歩みつづけるのか
あなたは

ある理性に

六月の雨が降っている　もの静かに
屋根を　街の路地を打っている
あの糸のように　細かく純粋に
震えている雨の中に
わたしは立ちたい
雨がわたしのこころに真直にしみとおり
感覚がいちばん奥の若い芽を伸ばすように
物たちにふりかかるわたしの視線が
真直で　正しくありたい
あの水差しのように
毎日使われる物でありたい
あの水差しは実にうっとりと美しく水を飲む
そして　わたしはわたし自身の生命《いのち》を
今日　あたらしく始める

（『ＭＯＢＩＬＥ・愛』一九八五年思潮社刊）

詩集〈海のヴァイオリンがきこえる〉から

海のヴァイオリンがきこえる

海のヴァイオリンがきこえる
遠く遠くの方から水晶の肩をふるわせ
浜辺に鏡のような潮が満ちてくる
月光の足をつかまえようと魚たちが踊りきらめく
海底に匂うような白い花たちがゆれ
古いなつかしい童話《メルヘン》がひっそりと目をさます
海のヴァイオリンがきこえる
ゆるやかに川の水流と海の満潮の間ですすり泣く
春の若い風をひき連れて
牧場の馬たちを走らせ
田んぼのまだら雪を溶かし　木々をゆすり
線路を真直ぐ走り　わたしの窓辺の
夜の都会いっぱいにひろがる
風景はやわらかい顔のようだ
わたしの耳は白い帆のようだ
海のヴァイオリンがきこえる
遠く遠くの方でのびやかにクラリネットが立ちあがり灯
　台の光がぼおとかすむ
死者たちを乗せた船が静かにすべり
遠く遠くの方でみんなみんなちいさく手をふり合図する
海のヴァイオリンがきこえる
夜明けのバラ色の楽譜が開かれ
すきとおった波の半音階が踊る
かもめたちが朝の食事にまいおりる
海のヴァイオリンがきこえる
花の木の下をすきとおった死者たちがすれちがい陽光の
　ゆらめきのなかでゆるやかに抱きあう
今年は桜の黒い幹がしとど濡れた
まだ死者たちの生活に慣れていない
子どもの死者たちがちいさな手で花の木にすがりついた
　からだ
桜のはなびらも白いモクレンのはなびらも黄色いミモザ
　のはなびらもみんな散った　みえない子どもたちにふ

りそそいだ

海のヴァイオリンがきこえる
お父ちゃん　あなたも海の青い部屋でヴァイオリンを弾
　いているのですか？
アルコール・ランプの青い炎で珈琲を沸かしているので
　すか？
海はうつくしいですか？
生きているときに郵便切手や草花を大きなルーペで一心
　にながめたように
海草や貝や魚たちや珊瑚を観察しているのですか？
それとも写真を現像したり海底牧場や海底都市の設計図
　を引いているのですか？
海を散歩する自転車やスクリューを研究したり新しい生
　物や新しい鉱物を発見しましたか？
海のヴァイオリンがきこえる
わたしはあなたが正しい姿勢で優美にヴァイオリンを顎
　にはさんで立つのをみるのが好きだった
あめ色の石で弦の手入れをするのをみるのが好きだった

生きているときにあなたは憂鬱な天使にとりつかれてい
　たのであなたがあんなにたくさんの仕事をしたなんて
　わたしは知らなかった
あなたの造ったダムや橋や無人灯台はどこにあるのです
　か？
あの憂鬱な大きな女の天使はいまでもあなたにとりつい
　ているのですか？
アルベルト・デューラーの「メランコリア・Ｉ」という
　銅版画《エッチング》をみたとき
わたしはあっと驚いてしまった
あの銅版画のなかにあったコンパスや魔法陣、砂時計や
　秤、鋸、のみ、金槌、釘、ふいご
それから暗い海の向うで
にたにた笑っている蝙蝠
あれはあなたの部屋そっくりだったから
あなたが生きているとき
わたしたちにはあの憂鬱な天使はみえなかったのです
わたしにあんなにはっきりみえたのは
あのコンパスなのです

あのコンパスであなたは何もかも測った
わたしが学校からもらってきた進駐軍のチョコレート
　ケーキでさえ四つに測って切り分けた
あなたがダイダロスのように何もかも造ったので
わたしはイカルスのように毎日落ちなければならなかっ
　た
海のヴァイオリンがきこえる
物たちに対してあんなにデリケートだったあなたは
ことばに対してなぜあんなに無神経だったのでしょう
食事のときあなたの罵詈雑言に打ちのめされてわたした
　ちは魔法にかかった森の妖精たちのように身動きでき
　なかった
きっと長い長い軍隊生活があなたの神経をズタズタに引
　裂いたのでしょうね
わたしが死ぬまで戦争を憎むのはたくさんのひとが死ぬ
だけでなく生き残った者の神経もズタズタにするから
　です
ときには　人間はことばによって
死ぬこともあるのですよ
いまは小学校や中学校の子どもたちがことばによって死
　ぬこともあるのです

海のヴァイオリンがきこえる
お父ちゃん　わたしはあなたを愛したのですよ
でも　あなたは女の子というものが全くわからなかった
女の子というものは体のなかにちいさな花や星や貝がら
　や何かをたくさん持っていて
いつもやさしくゆすっているのです
体のなかに深いよろこびや痛みやかなしみを持ってい
　て　ずっとたってから少しずつ
子どもたちに分けてあげるのですよ
それは何かとてもデリケートなもので
ある神経に触れるとズタズタに引き裂かれてしまうよう
　なものなのですよ
もちろん　それはあなたのような男のひとのデリケート
　さと全く違うものですけれど
海のヴァイオリンがきこえる

あなたはきらっていたけれど
わたしは詩人になりそうです
わたしのたったひとつの仕事に力を貸してください
いつかわたしはことばで無人灯台を造りたいのです
ことばのテトラポッドを埋め
ことばのコンクリートブロックを埋め
そうして　どこか知らない海にかすかなオレンジ色の光
　を昼も夜も放っている無人灯台を

海のヴァイオリンがきこえる
それでも　あなたのヴァイオリンはやさしかった　もう
　だまってあなたの音楽をきこう

…………………

みんな元気です
お母ちゃんは糖尿病と白内障から回復しました
まだまだずっとお母ちゃんを呼ばないでください
海のヴァイオリンがきこえる

風景はやわらかい顔のようだ
わたしの耳は白い帆のようだ
遠く遠くの方でのびやかに灯台の光がぼおとかすむ
死者たちを乗せた船がゆっくりと遠のき
みんなみんなちいさく手をふり別れを告げる
このふりそそぐものはなになのか？　死者たちにも生き
　ているものにもふるはなびらなのか？　目にみえない
　音楽の雪なのか？
チェス盤に降る雪は降りつもり降りやまじ

＊「メランコリア・Ⅰ」
アルベルト・デューラー（一四七一―一五二八）
ドイツ・ルネッサンス最大の画家・版画家。デューラーは「黙示録」（木版）「騎士と死と悪魔」「書斎の聖ヒエロニムス」「メランコリア・Ⅰ」などの世界でも最も謎めいた作品を残している。「メランコリア・Ⅰ」は憂鬱な女の芸術家の天使が無気味な夜の空をながめていて、デューラーの母が亡くなった年に描かれたと高階秀爾は言っている。

わたしは誰でしょう? Ⅰ

オ　オオ　オ　ワダシハホントニ誰ナノデショウと張さんは呻いた　誰も知らない深い井戸から水が噴きあげるように黒い睫毛が光った
わたしは誰なのでしょうと陳さんは言った　イトコと名のる女と母と名のる女のふたりの間でおろおろと言った
わたしは誰なのでしょうと劉さんは言った　磁器にひびが走ったような折れた写真を握りしめながら言った
わたしは誰なのでしょうと王さんは言った　ズボンをまくりあげ火傷の傷を見せながら言った
わたしは誰なのでしょうと楊さんは言った　誰も会いに現われない中国残留孤児控室で午後の空ろな光を浴びながら言った

一瞬が永遠のように流れた

何千何百という灰色の階段

思い出そうにも名前のない木々　名前のない草々　名前のない橋　名前のない夕暮　名前のない村々　名前のないたくさんのたくさんの顔顔
いつまでもいつまでも歩きつづける水晶の影
子どもは黄色い地平線に木が寒々と震えるのを黙ってみつめていた

一瞬が永遠のように流れた

生きるために汗を流した誠実な手　穀物がそよぐ音をきいた耳　山が光るのをみた鋭い目　そして目は限りなく悲しく遙かな時空を超えてなにかを求めていた

わたしは誰なのでしょうと彼らはつぶやいた　きらめく未来都市のガラスの摩天楼に途方にくれながら

このふりそそぐものはなになのか?　時のクレバスにふる雪なのか?　目に見えない耳にきこえない音楽の雪なのか?

それはなにでもない　世界の数々の新しい魔法壜の水銀の裏側で気を失った子どもにふる雪の他　なにでもない

わたしは誰なのでしょう　オイディプスは言った
幕は下りた　ギリシャ国立劇場の俳優イオネス・パパスは芝居が終ってもマスカラも落さず衣裳も解かず花道を通り桟敷の脇を通り劇場のドアを開けゆるやかに夜の外気に踊り出た

イオネス・パパスはオイディプスそのものだった　灰色のロープを荒縄で縛り銀色の髪に野の花を飾り銀色のステッキにすがってよろよろよろよろと原宿の人込みを歩いた　異様ななりの若者たちが異様ななりの老人をみて驚き輪をつくった　しかしオイディプスはよろよろよろ歩いて行った　神々の歯から生まれた恐竜たち　その骨と青空と野の花から生まれたオイディプスは並はずれて逞しく　若い頃オリーブの枝のようにしなやかで美しかった肢体はいまは砕けやすい岩肌のようにごつごつとしていた　目は限りなく悲しく

そして目はなかった　彼は原宿のきらめくイルミネーション　ガラスのブティック　ハンバーガー店　レストランの間をよろよろよろよろ歩き白い鋼鉄の陸橋を一段一段昇りしたを流れる自動車の轟音に耳を傾けた　風が吹きけやきの木の葉が彼の足もとに渦巻き橋がかすかに揺れた　ひとつの世紀が終ろうとしているのを彼は感じた　渦巻く危険　白い深淵がいつも彼の前に拡がっていた　しかしオイディプスは決して立停らずよろよろよろよろと足を前に出した　こうして彼は今世紀も歩いてきた　炸裂する都市を　瓦礫の山を　革命の泥濘を　民族の嵐を　飢えの町を　彼の背後でいつも世界は音をたてて崩れたり開いたりしたしかしオイディプスは決してふりかえらなかった　ときどき彼は木のように両手を空に向け悲痛な声で呻いたが誰も耳を傾けなかった　頭に野の花を飾り　いつのまにか坂を降り渋谷の人込みのなかを歩いていたよろよろよろよろと　ビールを飲み焼鳥を食べカラオケを歌ったサラリーマン　レインコートを着たオフィスガール　映画帰りの学生　黒いリボンの帽子を被っ

た街の兄《あん》ちゃん　日本の着物を着たバーのマダムたちに押されてオイディプスはぶつぶつつぶやいたが誰も耳を傾けなかった　一匹の年老いた犬が彼の足もとにすりよってきた
わたしは誰なのでしょうと老いたるオイディプスはつぶやいた

このふりそそぐものはなになのか？　時のクレバスにふる雪なのか？　20世紀という木から落ちる木の葉なのか？
それはなにでもない　世界の数々の新しい魔法壜の水銀の裏側で気を失った子どもにふる雪の他　なにでもない
チェス盤に降る雪は降りつもり降りやまじ

＊オイディプス　ギリシャ悲劇、ソフォクレス作。ティバイの僭王の物語。運命の糸にあやつられ、スフィンクスの謎を解き、父を殺し、母を娶るが、後にそれを知り、絶望して目を針でつき刺し放浪の旅に出かける。

わたしは誰でしょう？　Ⅱ

多くのひとびとが霧のなかから現われ　その顔々は震えまばたきわたしを魅惑し
多くのひとびとの目のなかに青空と雲が流れ一本の水銀灯が立っていた
わたしは誰でしょうとわたしは言った
多くの歳月がわたしを呼びわたしを揺さぶりわたしを梳り発芽させ疲れさせ
一本のプラタナスが明るい葉と暗い葉を動かしていた
わたしは誰でしょうとわたしは言った

わたしは誰なのかいまだにわたしは知らない
わたしは孫悟空の毛から生まれる無数の孫悟空　わたしは鏡の破片から瞬時瞬時無数に生まれタンポポの種子のように消えていくわたし
わたしは誰なのかいまだにわたしは知らない
わたしはことばの乱気流に吹きあげられ言語都市の摩天楼から摩天楼へ千々に乱れさまよう紙屑にすぎない

わたしは誰なのかいまだにわたしは知らない男でもなく
　女でもなく性もなく世界の数々の新しい魔法壜の水銀
の裏側で胎児のように目を開けたままゆるやかに回転
する回転するわたし
わたしはどこにいるのか？　ここはどこなのか？　なぜ
　わたしにはわたしがみえないのか？　ことばの連鎖は
なぜとぎれるのか？　わたしは考える故にあるのでは
ない　わたしは感じる故にあるのであるか？

ドアを開けバスに乗り階段を昇り自動販売機にコインを
　押し込み切符に鋏を入れてもらい電車に乗り汗をかき
灰色の風景を横切り向いのひとびとの顔をみ顔をみな
いようにし　わたしはわたしを探しに行った
一本の水銀灯が立っていた
一本のプラタナスが明るい葉と暗い葉を動かしていた

その街のその通りを曲り寒い風が通り抜ける一枚一枚の
　石畳を踏みしめ　いまはないトンカツ屋を探し　いま
はない映画館を探しいまはいないひとびとの声をきき

その街のその通りを曲り公園のはずれの　いまはない
　ジャズ喫茶の階段を昇り　はじける音楽の色彩をみタ
バコの煙とけだるい朝の光のなかの黒人たちをみ
その街のその通りを曲り巨大な看板のなかで土くさく
　笑っていた西部劇のいまはない俳優たちの笑いをみ
いまはない看板のなかでナイヤガラの滝のように女が
横たわるのをみ　そして空を冷たい鮫たちがおよぐの
をみたのだ　誰も誰もいなかった　新しい白い若者た
ちにぶつかりぶつかりしながら
わたしは誰もいないひとを探した
わたしは誰でしょうとわたしは言った

その街のその通りを曲りふいにわたしはいまはない珈琲
店のないガラス扉を開け　ない音楽をきき　ない白い
丸テーブルの前に坐り暗く張りつめた時間にはいって
いった
（青春）
一枚のガラスが柳のエメラルドグリーンとバロック音楽
　をさえ切っていた日々

一枚のガラスが雨の宝石とグレゴリアン聖歌を切ってい
た日々
一枚のガラスが男たちの精神と雨しぶきを切っていた
日々
男たちは自らの思想をパイプのようにくゆらせ　指の間
で
数学のように組みたててはふりほどき
化学反応を起させ　頭脳の内部で
紫の赤の青の煙のように溶解させていたとき
彼らの精神がひびわれる前に　それらに
わたしはいかにあこがれいかに愛したことか
(青春)
奇跡はいまにも起りそうだった
静まりかえり　震え
一枚のカミソリがわたしたちの若い横顔《シルエット》を横切っていた
日
緑の果物《ソルダム》の内側で赤い苦い果肉と死は踊り
そして　いつもいつも一個の弦楽器のように張りつめ鳴
り響いていた肉体

わたしたちの口のなかからはきだされたあの苦い種子は
どこへどこへ行ったか？
あの闘いの種子は
(青春)
伝説は燃えあがり地下の辞書から立ちあがり　屋根屋根
は予感に青く震え　奇跡はいまにも起りそうだった
わたしたちが不可解な何かの卵だったとき　何もので
もなく何も信ぜず何ものかであり何もかも信じていた
日々　鳥の頭を持ち白いふくらんだ胸を持ち海の宝石
の目を持っていた日々
わたしは白熱したクローム線を胸に巻きつける男の子た
ちの冷たい握り拳が好きだった　肉体熔鉱炉それは暗
い手足を通って心臓へ脳髄へゆらぎながら発熱する
わたしたちは夜ごと暗い古生代の地層を渡る鳥だった
肉体それは時折炸裂した　彼らの手足は火焔瓶となって
燃えあがり　わたしたちは目隠しされた灰色の迷路を
逃げまわり　みえない導火線はシュルシュル音をたて
てわたしたちを追いかけ　アスファルトのうえに恐怖
は横たわる　驟雨のなかを泣きながら逃げまわった

日々
怒りで青黒くふくれあがり何のために誰のために否《ノン》と
　言うのかさえわたしたちは知らなかった
空でも地上でも冷たい鮫たちはおよいでいた

オイディプスよ
ドラマは終ったのですか？
そして　ことばは……

わたしは誰なのでしょうと陳さんは言った

みえないコンピューター
みえないアフリカ
みえない核ミサイル
みえないわたし

珈琲茶碗にも雪は降り電気掃除機にも雪は降り人間の耳
　にも雪は降りプラタナスにも雪は降り

このふりそそぐものはなになのか？　それはなにでもな
い　世界の数々の新しい魔法壜の水銀の裏側で気を失
　った子どもに降る雪の他　なにでもない
チェス盤に降る雪は降りつもり降りやまじ

子どもたちは眠ったかしら？

子どもたちは眠ったかしらとクミコは言った
部屋のなかをヒューと風がひとふきしカーテンがめくれ
ガラス扉に蒼ざめた女がピタリと張りついているのをち
　らとみたとわたしは思った
あれは誰？　女はモンマルトルの墓場をうつむいて通り
すぎ白く擦りへった階段を一段一段踏みしめサクレ・
クールのドームの向うの月の暈にひっそりと消えた
〈四角いお月さん〉と子どもたちが呼んでいる向いのア
　パートの窓の灯がついた
毎晩ひとりの痩せた老婆がミルクパンでミルクを沸かす
　影がみえる

ベッドに足をぶらさげて双子の姉妹は銀紙細工のお城で
　青髭が血を流すのをみる
インドの玩具のチェス盤のうえではターバンを巻いた男
　と象とお城が歩いている影がみえる

子どもたちは眠ったかしらとノリコが言った
姉妹は二段ベッドから髪をたらし鏡のようにみつめ合い
　くすくすと笑う
それは白いヨーグルトのような一日であった
ノリコとわたしは一日中パリを歩いた
パリ　そこでは女たちが犀のように腰をふりノッシノッ
　シと歩き地下鉄に乗りバスに乗り手動式の扉からあふ
　れオフィスからあふれ銀行からレストランから市役所
　からあふれノッシノッシと腰をふり
金髪の女青い目の女灰色の目の女黒い皮膚の女イヤリン
　グをつけた女毛皮のコートの女東洋人の女ユッサユッ
　サとおっぱいをふり
ジーパンの女チューインガムを噛んだ女アフリカ人の母
　親の女薄い淋しい目の女悲しい女コツコツコツとハイ
　ヒールの音を立て
レジで計算し犬を連れてタクシーを運転し画廊の番をし
紙袋に包み大学で教えダンスし髪をゆい編集し会議し
経営し皿洗いし郵便切手にスタンプを押しカメラを廻
　しジェット機を操縦しパンを買い料理しノッシノッシ
　と腰をふり
うつくしく木のように成長し恐れずみつめ
冷静になり恋のプリズムのしたで大地の極彩色をゆるが
　し
視線の新鮮に震える魚たちをおよがし子どもを産み車を
　運転し
日々のメカニズムの間に時計草の黄色と紫色の花蕚を動
　かす女たち
コンピューターの0と1の間を往復し虹のスカートを開
　く女たち
決して許さず恐しい目でみつめ
有料トイレで叫び
闇の門番のように大きな口を開け
死のように徹底的に闘う女たち

小鳥をふたつの胸に隠し子どもたちをスカートに隠しついでに猫や犬やリスまで隠しあらゆるものを夜のように包む女たち
冷静に冷静に男たちを観察しやさしくふり返り年老い震え子どものように蒼ざめ研究し思索のレンガを積み重ね羽根の帽子を被り客を接待しノッシノッシと腰をふり

多彩なひどく多彩な人生を歩き年をとり物乞いをし皺だらけの包み紙のように体を折りたたみ
好奇心のシャワーを男たちにあびせ
あらゆる職場に進出し男たちをおびやかし
疲れソファからベッドからテーブルから椅子からたれさがり
長いブーツを苦労して脱ぎ猛烈な勢いでしゃべり長い時間をかけてたっぷり食べ
時代の波にゆるやかに襲いかかり
巨きな波のように時代をゆるがし
決して許さず恐しい目でみつめ
家畜のようにこづきまわされ遂に黒い髭をはやした女たち
皿を洗い子どもたちを洗い下着を洗い悲しみを洗い流し陶器の鋭い目をした女たち
バルコニーから手をふる女たち
きらめく衣服で武装した昆虫の苦悩の女たち
突如静まりあらゆるものから超越し老眼鏡の不可思議な目で灰色のコートのフクロウの目で人生の森人生の四季を見透す女たち
花開く女たち
太陽の墓のうえに
果物をつけた木の身をゆらす女たち
サンバを踊る女たちカーリーヘアの木々たち
やさしく自分を解き放つことを覚えた女たち
男たちの夢のなかで夜明けのシーツをひきずる女たち
舗石やマンホールの蓋のしたから生えてくる爆発する女たちの肉体　人間の星
解放だ　解放だ　旗をふれ

わたしは思い出す　さまざまな様式の屋根を持つ石の市

役所の前で古いレインコートを着て書類カバンを持ち
　立ち話する年老いたうつくしい女を
またわたしは思い出す　ルーブルの19世紀の暗い色調の
　絵の前に輝く果物のようにじっと動かずに居る黒人の
　女を

それは白いヨーグルトのような一日であった
ノリコとわたしは小さな驚嘆の声をあげてルーブルのエ
　ジプト室のガラスのケースのなかの水晶のチェスをな
　がめ　クリュニーの深いバラ色のタピストリーから生
　まれたばかりの一角獣と貴婦人をながめた
ひとりの蒼ざめた女が地下鉄《メトロ》のガラスの扉にピタリと張
　りつくのをみたとわたしは思う
渦巻く貝殻の内部のちりばめられた地下道を女はうつむ
　き靴音をたてて通り過ぎ
あれは誰？　女は寒い口を風が開けたセーヌ河をヒラリ
　と跳び　恐竜の骨のようなノートルダム寺院の尖塔に
　ひっそりと消えた
それはヨーグルトの白い一日であった

そのときわたしはタバコを吸い片手でマロニエの木につ
　かまりノリコが本屋から出てくるのを待っていた
信じられないことだがそのときわたしはわたし自身に吸
　い込まれそうになっていた
そのときわたしは空気調節器《エア・コンディショナー》のような顔していたに違い
　ない　わたしはゼロ地点にいた　紫色の円筒形の広告
　塔にはトリュフォーの映画の広告写真が貼られてあり
　女が何か犯罪現場を目撃したか　あるいは女が殺意に
　満ちた仕草をしているのがみえた
わたしはわたし自身の内部の半透明のホールが開くのを
　感じた
深い銀河　恐らくその向うに死があるのだろうか？　恐
　らくその向うに太陽のまつげがまばゆい生命の炎を
　放っているのだろうか？
ノリコの声がした　わたしはカルチェ・ラタンのジベー
　ルという本屋の前のマロニエの裸木の黒いざらざらし
　た木の皮膚につかまり信じられないことだがわたしが
　わたしに吸いこまれたらどうなるか考えていた

このふりそそぐものはなになのか？　未来の雪なのか？　海の血液なのか？　ことばの連鎖はなぜとぎれるのか？　ノッシノッシと腰をふりわれわれはどこへ行くのか？

チェス盤に降る雪は降りつもり降りやまじ

子どもたちは眠ったかしらとマキが言った
ドアの向うでは日本語がいっぱい　日本語はぱちぱちとびはねてる　双子は白い長いパジャマを着てあくびした

愛シテナイワッテ言ッタノ　ぽーるハぴすとるヲ持ッテルカラ自殺スルッテオドカスノ　考エルトキ日本語デ考エルノ？　ふらんす語デ考エルノ？　アタシハぶらじるカラふらんすニ亡命シテ来タノ　嫉妬ハ愛情ト違ウワステキステキ　男ハミンナまふぃあヨ　えいずハ唾液カラ感染スルノヨヨッポドジャナイトきすシチャダメヨ詩人ハ大ゲサダカラキライヨ　双子ヲ産ムトキ珍シイカラ五人ノいんたーんガ来タノ一人産ムトアタシノ瞳孔ガ開イテルッテ言ウノアンタタチグズグズシナイデトドナッチャッタ　イマ世界デ破壊サレツツアルノハ自然ト子ドモタチノココロデス　てくのろじーノ世界ハ困ッタコトニ自己批判ガナイノヨ例エバ飛行機事故ガ起ッタトキソノ事故ノ原因ヲ究明スルノハヤハリてくのろじーデモット高度ニ再生産スルノハヤハリてくのろじーナノヨげーでるハ不完全定理ヲ証明シタノ？　コゾノ雪イマイズコ　眠レ眠レ子ドモタチヨ　音楽ト花々ト笑イ声ヲ乗セテ暗イせーぬヲがらすノ船ガイクヨ　眠レ眠レ子ドモタチヨ　まだむ・くりすますガヤッテ来ルヨ

シャルル・ド・ゴール発エール・フランス231便はアンカレッジへ向けて午前11時に出発した
ノリコとわたしを乗せた飛行機は雪のマンチェスターを飛びリヴァプールを飛び青いドーヴァーを渡った
ひとりの蒼ざめた女が飛行機の二重ガラスにピタリと張りついているのをちらとみたとわたしは思った
あれは誰？　女は白い氷河が蛇行する北極圏のバラ色の微光にひっそりと消えた

そのときわたしは激しく泣き何か大切なものを失ったか
も知れないと思った　あの張り裂けんばかりの青春を
もしわたしの涙の一滴があの青いドーヴァーに落ちたら
途中で一片の雪の結晶になり舞いおり海は血を流し海
は一瞬のうちに変貌するだろう
浮遊しているのはわたし自身で
未来はじっと動かないのだ＊

このふりそそぐものはなになのか？　わたし自身なの
か？　未来の雪なのか？　海の血液なのか？
チェス盤に降る雪は降りつもり降りやまじ

＊リルケ「若き詩人への手紙」

彼女だ　I

彼女はやってくるだろうとあなたは言った

……灯を消してあなたははいり　夜の模糊とした霧のな
かをわたしたちは漂いサキソフォンの船に乗り
滑らかにすべり　雨の指は木々のベースをかきならし
地下は不気味なドラムをたたき地下から地下へわたし
たちは漂い
夜の透明な果実の内部でわたしたちは千の目を開き　滑
らかにすべり枯葉のなかへ木の根のなかへわたしたち
は水のように溶けてゆき
微細な微細な管を通り細胞のなかへ旅をし
もっともっと小さな物質の内部へ狂おしくやさしくは
いってゆき
原子の内部の原子核に触わり
ふいに　もの音が全くしないところまで降りてゆき
それから　ちっぽけな六畳の部屋で大洪水が起った
わたしはひとりの男のやさしい手のなかで眠りハスの実
のように二千年も眠ることもできただろう
わたしはひとりの男のやさしい指にちいさな孫悟空のよ
うにちいさな詩を書くこともできただろう

彼女はやってくるだろうとあなたは言った
夜は不気味な音をたてレモン搾り器のような目を開いた　別々の時間を持った目を……

ひとりの男の電気が走ったようにビリビリする髭　重い内臓　セックスのなかに何か神秘な息遣いがあった
一度だけ　ただ一度だけわたしは未来が音をたてて水を飲みほす音をきいた
しかしそのとき
もっと強烈な渇きがわたしたちの上陸すべき大地を求めて駆りたてていた
いま　わたしにはそれがわかる
わたしは認めなければならない
破壊にまで駆りたてられるわたしたちの深い欲望を

彼女はそれはそれは美しいとあなたは言った
もうすぐやってくるだろうとあなたは言った
それから　なにかが崩れた
壁でもなく夜でもなく愛でもないものが……

いたるところで地下が深く抉り取られ
上下水道管や電管が埋められ
建物はうえへしたへ伸び　迷路のなかで
音がはじけ　街はビニールレザーのように光っていた
古代エジプト人のようにシーツにくるまり
あなたは眠っていた
累々と続く建物は中心部から郊外へ　地下道から地下道へ無際限に伸び
電気が走ったようなビリビリするあなたの髭も無際限に伸び
古代エジプト人のようにあなたは眠っていた
街路樹は海藻のようにふくれあがり
建物という建物は鉄のまぶたを閉じ
電話ボックスだけがキャラメルの箱のようにキラキラ光っていた
ひとびとも植物も動物も深い眠りの方へ眠りの方へひきずられていた
ポリバケツのなかの腐ったキャベツ

スキャンダルや犯罪　沈黙や栄光
死すべき肉体や古タイヤ・絶望や孤独
世紀の重みや重油の匂い
数知れぬ生命や死　数知れぬ未知のものを
一切合財暗黒の洞窟につめこんだまま
都市は夢みていた
海の運動よりも重いあらゆる物質の中心ではかすかなか
　すかな崩壊が始まっていた

彼女は実に残忍で実に嫉妬深いとあなたは言った
彼女は誰なの誰なの？とわたしは言った
彼女はもうそこにやってきているとあなたは言った
ある日　わたしは電車の窓から彼女をみた

二秒と一万分の一秒間
彼女の砂漠のような光線がわたしの瞳孔を貫いた
モナ・リザに彼女は似ていた
絹のような道路や灰色の崖か滝のようなビルディング
すべる柱や回転する箱や橋や電流が流れている雲
無限と言える程の面に分たれた窓ガラス
渦巻く階段をひきつれた十字路
アイスクリームみたいな花壇
ゴルフ棒を逆さにしたような信号機
円形の広場や怒り狂った音楽が動いていた
彼女は百万の言葉よりも多弁なものを持ち
ひとつの宇宙よりも複雑で
モーゼの眼前に割れた海よりも巨大で
彼女の顔には幾つもの深淵がうがたれ
ウラニウムよりも強烈なエネルギーにあふれていた

とうとう彼女はやってきたとあなたは言った
美の襲撃だ　美の襲撃だとあなたは叫んだ
好奇心の強い男たちは何百万も街にあふれ　何日も帰ら
　なくなった
ある日　わたしは駅の側に立っている一本のプラタナス
　が悲鳴をあげるのをきいた

若いプラタナスが語ったこと

「あたしはまだとても若いのに三百歳のおばあさんになったみたいな気がする。人間の女が年をとると歯が抜けたり腰が曲ったりするけれど一番目立つのは手が細くかさかさになることだわ。多分、女たちは毎日何十回も強烈な洗剤の入った洗濯機に手をつっこむからだと思うけど。あたしはもう五年もここに立っている。ここに植えられた頃あたしはとてもこわくてこわくて悲鳴ばかりあげていた。あたしはまずすさまじい音に慣れなければいけなかったの。モーターバイクのものすごい音、自動車のひっきりなしに続くエンジンの音。ビルを巨きな鉄の玉で壊す音。巨大な穴を掘るブルドーザーの音。六十階の超高層ビルを建てるためにどれだけ深く地球を掘り起さなければならないか想像してごらんなさい。それから、鉄骨を何百本も埋めるガンガンという音。その音は何十日も続いたの。ある日、天に届くかと思われる真白いビルがにょっきり立って四角い幾万個という窓に灯がともったわ。あたしはただもうびっくりして息がつまるみたいだった。それから高速道路だの地下鉄だの環状線だの商店街だのショウウインドウだの暴力だの犯罪だの電流だの金銭だのが一挙にやってきた。あたしはもう何が起っても驚かないでしょうね。でも初めはとてもこわくてこわくて葉っぱもちゃんと開けないくらいだった。何しろあたしは地震計のうえに根を張って生きているようなものだもの。悲しいことにあたしはもう大地に立っているなどとは言えないわ。〈大地〉、なんてなつかしい言葉なんでしょう。〈母なる大地〉なんてやさしく甘い言葉なんでしょう。ただの一度でいいから、あたしは大地に触れてみたい。柔らかな黒い滋養分のある土のうえで深呼吸してみたい。そして深い瞑想にふけってみたい。そうすることができるなら雷にあたって真二つに裂けたって平気。あたしが根を張って立っている所から五メートルしたは地下鉄がガァガァ走っていたり、地下の商店街がずらりと並んでいて太陽光線が全くささない模造大理石の通路が縦横に拡がっていて薄い光のなかをたくさんのひとびとが歩いている。まるで夢みたいな光景だわ。冬になってカラッ風がびゅうびゅう吹くとあたしの幹の傷が痛む。事件はある昼さがりに起った。あたしのすぐ側の交差点を青いトンボメガネの若い男が通った気がする。一瞬あたしは気絶しちゃった。あたし、死ぬかと思った。白い乗用車がトンボメガネの若い男をひき殺していたの。一体どうやって白い車がガードレールにぶつかったかいまでもよくわからないけれど、その男の青いジーンズシャツとジーパンツが血で真赤に染って男は海老みたいに体を二つに折り曲げてもがいていたの。青い金縁のメガネがすっとんで片方のレンズが粉々に砕けていたわ。白いガードレールが車の前部の衝撃であたしの幹に食い込んであたしは痛みで立っていられないくらいだった。

糞、糞、クソッタレー

男はそう言って血まみれでころげ廻ってから死んだ。それからパトカーだのオマワリだの救急車だのが一度にやって来てヤジ馬も何百人も集まった。跳ねとばされて死んだ男の形を白いチョークでなぞっているひとがいたの。それからすべてが静かになった。その線は〈大〉という字に似ていたわ。左の手はいっぱいに開いていて指の形がはっきりわかった。右足は少し曲げられていて胴体の線は流れ出た血液がしみついていた。その男の形はキリストなんかよりも美しかった。彼はまるで無限に伸び拡がるアスファルト道路をよじ登ろうとしてるみたいだった。あたしはこの街が滅びるまであの線が消えなければいいと思う。」

このふりそそぐものはなになのか？
イルミネーションの雪なのか？　光化学スモッグの雪なのか？　音の雪崩なのか？
終りの雪なのか？　始まりの雪なのか？
チェス盤に降る雪は降りつもり降りやまじ

＊美の襲撃　三島由紀夫のことば

彼女だ Ⅱ

彼女はみえなくなったよとあなたは言った

11時21分　これからヘリコプターに乗るとあなたは言っ
た
いま洗濯物を干すとことわたしは言った
11時26分　ここからみると東京はまだまだ都市などと言
うものでない　まだまだ荒野だ　川が光ってるとあな
たは言った
23 24 25 26 27 28 29 30 31 32 33 34 35 36 37 38 39 40 41 42 43 44 45 46 47
48 49 50 51 52
いま電気掃除器をかけてるとことわたしは言った
11時34分　トランジスタの会社でロボットたちに会っ
た　彼らは人間よりも優秀な労働者だよ　実に優美な
手つきでぼくらに珈琲を入れてくれたよ　カメラのラ
イトをあてると彼らはとても恥しそうに動かなくなっ
てしまったとあなたは言った
いまスーパーマーケットで買物してるとこ　今夜のおか
ずは舌びらめのムニエルとアスパラガスのスープよと
わたしは言った
11時59分　コインロッカーから腐敗した赤ン坊の死体が
みつかったとあなたは言った
36 37 38 39 40 41 42 43 44 45 46 47 48 49 50 51 52 53 54 55 56 57 58 59 60
61 62 63 64 65
よくきこえないわ　わたしたちの間に入ってくるこの数
字はなに？　ベランダの植木鉢からアボカドの芽が出
てきたわとわたしは言った
12時40分　いまトロロソバを食べてるところとあなたは
言った
いまクロワッサンを食べて珈琲を飲んでるところとわたし
は言った
12時44分　石油ショックだ　株式市場が大混乱だ　中小
企業がいっせいに倒産したぞ　自殺者が出るぞ　トイ
レットペーパーと洗濯石鹸はあるか？　とあなたは
言った
大丈夫　洗濯は固型石鹸を削ってすればいいわとわたし
は言った
13時1分　憂鬱だ　彼女はハイエナ大統領と空で会議し
てるらしい　銀盆の上には鰐の目玉のスープが湯気を
たてている　彼女の足もとで核ミサイルがごろごろこ

ろがってるとあなたは言った
パリのＫが松尾芭蕉をフランス語に翻訳したって手紙が
来たわ　パリはいまＨＡＩＫＵブームらしいとわたし
は言った
13時5分　とても疲れた　都市を雲型定規状にうろつき
廻ってる　山手線から地下鉄に乗りかえた　誰かがぼ
くをスパイしてる　ぼくがぼくをスパイしてる　山手
線のぼくが地下鉄のぼくをスパイしてる　49階のぼく
が3階のぼくをスパイしてる　彼女だ　彼女がぼくら
の内部に確かに居るとあなたは言った
1422 1423 1424 1425 1426 1427 1428 1429 1430 1431 1432 1433 1434 1435 1436 1437 1438 1439 1440 1441 1442 1443 1444 1445 1446
1447 1448 1449 1450 1451
スパイ小説の読みすぎよ　でもさっきから数が増えてる
この数字はなに？　株式市況でもないし毎日すさまじ
い勢いで死んでいくわたしたちの脳細胞でもないし
……とわたしは言った
14時51分　爆発だ　時限爆弾だ　ああガラスが崩れる
ひとが死んでいる　テレビをつけてごらんとあなたは
言った

もはや手遅れだった
ひとびとは路上で電気うなぎのように跳びはねていた
Ｔ字路の奥　ビルとビルの峡谷から
不可解な煙がたち昇り
上の方で青空が崩れはじめ
54番目のビルの正面玄関に
星形の巨大な穴が開いていた
破壊は旧並木通りから新並木通りへ
みるみる拡がり　Ｘ通りからＹ通りまでの
4階から1階の何千個という窓ガラスは
エメラルドグリーンの滝となって落下していた
もはや手遅れだった
花々はコンクリートの鉢とともに吹き飛び
プラタナスの幹は裂け
自動車は炎上し
道路の上の幾つかの点　黒っぽいような
赤っぽいような緑色のような点が
すでに死者となった人間とわかるまで

非常に長い時間がかかった
わたしは目をみひらき　都市がのたうち廻るのをみた
太陽は巨大な蜘蛛となっていつまでも
いつまでもX通りにひっかかっていた

14時59分　ＳＯＳ　早く帰ってきて　彼女は確かに居る
みたい　メデューサみたいに恐しい美だわとわたしは
言った
16時55分　それが帰れないんだよ　ヤマニ石油相を追い
かけなきゃ　この贅沢な男は世界中から追いかけられ
てるんだ　アレアレ彼は白髪になった
あなた　よくきいて　わたしたちの時間は10年すっ飛ん
だわとわたしは言った　せめて普通の時間で話して
アインシュタインの時間じゃなくってとわたしは言っ
た
17時59分　そうか　アインシュタインの時間か　人間の
意識もそれぐらいのスピードを持てるのか？　いま彼
女の墓場に居る　夢の島というところだ　毎日10万台
もの青い清掃車が続々と行列をしながら集まってく
る　ものすごい臭気だ　猛毒ガスだ　猫ぐらい大きな
ネズミが走り廻ってる　ここには何でもある新品の冷
蔵庫もＣＤデッキも桐のタンスもきみが欲しがりそう
なレインコートも　何という物物物の山だ　彼女だっ
ていつか死ぬのさとあなたは言った
19時00分　残業が続いている　ああ疲れた　頭がボンヤ
リする　彼女にヤラレチャッタカナとあなたは言った
あたし行く　迎えに行くわとわたしは言った

どこにいるの？
わたしは夜の大通りを歩いて行った
きらきらするもの　輝くもの
踊る稲妻　光る草が
地上から垂直に生えていた
地下鉄の入口　交叉点を這いまわる光
ねばねばするエスカレーター
舗道の縁　すれちがう通行人の何百という目のなかに
わたしはあなたの合図をみつけた
暗号のようなもの

3秒置きに点滅するネオン
黒い屋根の気配にも
あなたの合図があった
わたしは豹のように夜の街を走り抜けた
蛞蝓《なめくじ》のようにガラスにひかる粘液を残して
あなたは合図した
あなたとわたしは短針と長針のように
何度もすれ違った
やあと言ってわたしたちは抱き合った
21時11分　彼女は実にセクシーだとあなたは言った
ただのコマーシャルフィルムよとわたしは言った
23時55分　みてごらん　これが彼女のセックスだ　山吹
　色の金の延棒が彼女のセックスに差し込まれるとあな
　たは言った
馬鹿気てるわ　あなたは気が狂ってるわ　これは銀行の
　金庫なのよとわたしは言った
24時0分　シー黙って　この数字だ　これが世界を動か
　す彼女の心臓さ　刻々と動いてる　これが彼女の血液
　さ　オヤ　ドルが大暴落したぞ　近いうちに何かが起
　るぞとあなたが言った
ニューヨーク証券取引所　ロンドン証券取引所　東京の
　兜町　ニューヨーク　ロンドン　トーキョーとわたし
　は言った

それから　ゆっくりと
あなたはわたしを抱きしめた
9個のマルチビデオのある鉄の部屋で
彼女の砂漠のような光線が踊るソファで
紙コップの珈琲がこぼれた
音のないフィルムが廻っていた
あなたはブラウスのボタンをはずし
青いジーパンのファスナーを解いた
こわいの　こわいの
わたしは泣き出した
大丈夫　大丈夫
あなたはやさしく言った
熱いかたまりとなって　地球上の最後の熱となって
わたしたちはゆっくり動いた

裸の背中にも足にも胸にも髪の毛にも
彼女の冷酷な光線が踊っていた
月の表面にいる彼女　自動車工場にいる彼女
ランドサットから送られてくる彼女の地図
石油に汚染された海岸の黒いカモメ
バイオテクノロジーが生んだ三匹の羊
試験管ベビーの笑い
壱万円札の不気味な花模様
眩暈の波に乗りながら　ここがどこだかもわからずいま
　がいつだかも知らず
わたしたちは鋭い深い開かれた時間《とき》に
歩み入ろうとしていた
ふたりは狂気のように上陸すべき大地
飲むべき泉を探していた
暗く伸び拡がる根のように生きるべき先端
時間の触手　空間の先端
未来を探し求めていた
その作業はなまやさしくなく
絶望的な闘いのようでもあり

あらゆる生命が試みる宿命のようでもあった
四つの燃える目は
不安にまたたいていた
静かに　輝き　すばらしい速度で
渦巻いている無限
時間のねじれた束のようなもの
音楽のかたまりか
生きている沈黙……熱い……重い
吸いこまれる……穴
それから　おおきな海が死のようにやってきた
彼女がどこかで冷やかに笑った

1時5分　帰りましょ　舌びらめのムニエルとアスパラ
ガスのスープが腐っちゃうわとわたしは言った
1時6分　ウンちょっと待って　戦争だ遠い外国だけど
とあなたは言った
とうとうわたしは怒りだした　彼女は軍隊をやとった
の？　ココの彼女とアチラの彼女は同じ彼女なの？
都市が燃えてるわ　ひとが死んでるわ　裸で女の子が

駆けてるわ　森が燃えてるわ　兵隊が木にしばられて
目隠しされて殺されるわ　なぜ黙ってみてるの？　な
ぜ誰も止められないの？　なぜ世界は黙ってみてる
の？とわたしは叫んだ
1時7分　これはただのフィルムさ　家へ帰ろう　もう
みちゃいけない落着いて落着いて　ぼくがいるから安
心してとあなたは言った
赤ちゃんがいるのよ　あたしの内部《なか》にとわたしは言った

それからわたしは何日も何日も帰らないあなたを待って
テレビのスイッチをひねった
ちいさな生命は　宇宙の果てからやって来たちいさな生
命は　わたしの内部《なか》で恐しいスピードで進化し尻尾が
少しずつ消えてゆき　心臓が正しい鼓動を打つ　ふた
つの美しい目が入った　ときに彼は笑い　風や光をみ
たいとわたしをノックした
ふくらんだガラスの目のなかで　ひとりの若い男が歌っ
ていた　安っぽい金ラメの服を着て　やさしくふるえ
ちいさな昆虫のように頭をもたげ　ちいさな神のよう
に貧しく彼は歌っていた
きみを愛してるー愛してるーいつまでもーいつまでも
ー　わたしはその若い男の貧しい肩を　ふるえる声
を　深い疲労からしぼりだす声を涙を流してきいた
わたしも貧しくふるえ　大きなお腹をかかえて　にぶ
く動き
ブラウン管のなかのその男を愛した愛した　誰にもわか
らない愛で特別の愛でいつまでもいつまでも永久に愛
した

このふりそそぐものはなになのか？
読者よ　教えてほしい
あなたとわたしは
こうして向かい合っている
あなたとわたしの間に
雪があとからあとから降りつもる
ことばの雪なのか？　死の雪なのか？
彼女がふらす雪なのか？
もうわたしは空っぽで何も持っていない

一枚一枚皮をはがすこと
この世界の真実に一ミリ一ミリ近づくこと
それしかない
彼女だってことばではがせないことはない
チェス盤に降る雪は降りつもり降りやまじ

10月15時40秒

おばあちゃんの夢

おばあちゃんがやってきた　すると
ほ座で超新星が爆発しあらゆる物質を貫いてニュートリ
　ノがやってきた
おばあちゃんがやってきた　すると
暗闇のなかではほ座の超新星は赤い亀になり青い5匹のザ
　リガニになり広範囲に広がった
おばあちゃんがやってきた　すると
オリオン大星雲に新しい太陽系が誕生した

マンションの隣りに
おばあちゃんがやってきてにこにこ笑った
皆で階段を昇って降り降りて昇ってちいさなタンスやち
　いさな仏壇やちいさな炊飯器やちいさな洗濯機を運ん
　だ
ちいさなお嫁さんみたい　おばあちゃん
おばあちゃんはにこにこ笑った
どうぞよろしく　こちらこそ　どうぞよろしく
おばあちゃんの84歳のお姉さんやタケミのお姉さんやタ
　ケミのお姉さんのダンナさんやユウちゃんやタケミや
　メイや知らない男のひとがにこにこ笑って
天ぷらそばを食べた

マンションの隣りに
おばあちゃんがやってきた　すると
宇宙のドアというドア　壁という壁からすきとおった耳
　が生まれ植物の鋭い光線がすべり　灰色の沼がじっと
　目を開けた
レーザーディスクとパソコンと音楽椅子とプラモデルの

中で孫のメイは宇宙人のように育ちはじめた
わたしたちは魚を食べた　箸の鋭い音がした
魚は目を開けて乾いていた
皿という皿から泥と木の根の匂いがあふれた

おばあちゃんは緊張して目を大きく開けた
畳のうえでアイロンをかけるとワイシャツから青い星が
　こぼれた

おばあちゃんがやってきた　すると
宇宙の灰色の沼から無数のおびただしい植物の指が繁茂
し暗闇の中でひそひそ話し　白いフクロウがホーホー
と鳴いた
宇宙の沼のあたりに気味の悪い怪獣がいるらしかった
しかし　その怪獣たちはにたにた笑ってわたしを誘惑し
た　ものすごい妖気がただよっていた　そこでは岩石
　ですら顔を持ちぼろぼろと崩れながら口をきいた
おばあちゃんは一日中働きどおしだった
マカロニグラタンをつくった　いなり寿しをつくった
トイレをピカピカに掃除した
おばあちゃんの部屋の古い茶ダンスの中のちいさな貝殻
のなかの七福神、夷《えびす》、大黒天、布袋《ほてい》、福禄寿《ふくろくじゅ》、毘沙門《びしゃもん》
天《てん》、弁財天、吉祥天はときどき青い畳のうえでぴょん
ぴょん跳ねたり　詩の朗読会を開いているらしかった

おばあちゃんがやってきた　すると
毎夜わたしは宇宙の沼の淵に咲いている無数の青い花の
　なかに倒れ気絶した
わたしは壊れかけた宇宙船で脱出しようとしたが身動き
　できなかった

おばあちゃんは毎朝仏壇のなかの赤茶けた写真の軍服を
着た男と話した　その男は戦争から帰り28歳のおばあ
ちゃんをおいてきぼりにして別の宇宙に行ってしまっ
た　金鶏勲章をもらったその男は1歳のタケミを残し
　て別の宇宙に行ってしまった
おばあちゃんはハンバーグをつくった　鶏のからあげを

つくった　蒲団の張りかえをした　日記をつけた　髪をそめた
おばあちゃんはときどき深い思い出にふけった　青い畳からおばあちゃんが育てた14人の赤ン坊が現われ　にこにこ笑ったり　湿ったおむつの匂いを立てて泣いたりした

おばあちゃんが台所で動くと72歳の東京がかげろうのようにゆらゆら揺れた
渋谷から青山へ路面電車がカラカラ音を立てて走り　尋常小学校のハカマをはいたおばあちゃんがぴょんと跳び乗った
関東大震災の時　煙がもうもうとあがるなかをおばあちゃんは12歳年上のお姉さんの背中におぶられて逃げた
おばあちゃんは一生働きどおしだった
おばあちゃんは限りなく話した
3人の子どもと2人の姑を連れて埼玉県の深谷に疎開したこと　着物を縫ってたったひとりで生計を立てたこと　卵と米を東京に運んだこと　2台の自転車と麻袋のさつまいもと取りかえたこと　一晩でタケミのセーターを編んだこと　そして　小学生の長男を失ったこと　戦争が終って寮母さんになったこと
おばあちゃんは少し泣き限りなく話した　そしてあたしはもう役に立たなくなったから
養老院に行きたいわと言った

メイはぷいと離れ　自分の部屋で宇宙音楽をきき　ビデオテープの映像、宇宙人ヨーダ[*1]と話した
わたしはぷいと離れ　自分の部屋に戻りロルカの赤い詩集[*2]を声を出して読んだ

黒いマントを重ねた女は
思う　世界は狭すぎる
心はあまりにも広いと
アーイ　ヤヤヤヤーイ
黒いマントを重ねた女よ！

タケミはぷいと離れ　自分の部屋に戻り科学の本[*3]を読ん

だ

現在、われわれは、このアトムと考えられるものとして、陽子、中性子、電子をあげることができる。陽子と中性子は原子核をつくり、原子核と電子とは原子をつくり、原子は集まって物質をつくっている。究極物質は……

おばあちゃんはノイローゼになった
おばあちゃんは浅草の家に帰ってしまった

再びおばあちゃんがやってきた　すると
今度はわたしがノイローゼになった
毎夜わたしの夢のなかで
宇宙のドアというドア　壁という壁が凍りつき窓という
　窓に雪が降った
もうひとりのおばあちゃん　78歳のわたしの八戸の母が
　糖尿病と胃潰瘍で入院し
ベッドに雪が降るのにわたしは手足が凍って身動きがで
　きなかった
わたしの夢のなかで
ふたりのおばあちゃんはあちこちの星雲から星雲へ
宇宙船でさまよっていた

ある日　わたしは自転車に乗ってスーパーマーケットに
　買物に出かけた
わたしはみた　四角い舗石のうえに立ち　信号を待ちな
がら　深いもの思いにふけっている暗い草色の着物を
きちんと着たちいさな孤独な女を
その年老いた女はちいさな花のように軽く軽くかすかに
　地上に立っていた
そのとき
わたしのなかでなにかがかすかに動いた
宇宙のなかでいちばん孤独な星
地球が放つ清潔な光が目にもとまらぬ速さで
幾億光年かなたの星に向って
はるかにはるかに合図するのを
わたしはかすかに感知した

おばあちゃん　おばあちゃん
道路のうえでわたしは叫んだ

なかばあきらめながら
なかばはにかみながら
退院した八戸のわたしの母の報告をしながら
わたしたちは食卓についた

テレビの向う側のブラウン管のまぶたの裏で
宇宙人ヨーダは賢い薄目を開け
大きな薄い耳を動かしながら
宇宙年代記・地球幼年期の原始家族の一生態をながめながら　やさしいやさしい気持で九百歳の生涯を語った

宇宙人ヨーダはつぶやいた
このふりそそぐものはなになのか？
フライパンの雪なのか？　アイロンの雪なのか？
大根の雪なのか？　フランスパンの雪なのか？
炊飯器の雪なのか？　スプーンの雪なのか？
鰺のひものの雪なのか？　お豆腐の雪なのか？
食卓椅子の雪なのか？　ポリバケツの雪なのか？
電気掃除機の雪なのか？　テレビの雪なのか？
洗濯石鹸の雪なのか？　ホーレン草の雪なのか？
コーヒー沸しの雪なのか？　豚肉の雪なのか？
日傘の雪なのか？　歯ブラシの雪なのか？
未来の雪なのか？　追憶の雪なのか？
チェス盤に降る雪は　愛しも
　降りつもり降りやまじ

＊1　宇宙人ヨーダ　映画「スター・ウォーズ」より
＊2　ロルカ詩集『カンテ・ホンドの歌』〈ソレア〉より
＊3　科学の本『素粒子の謎を追う』本間三郎より

スワンが来る日に

ヘルムート・ラック

あなたが重いマントみたいなオーヴァを着て
ちょっと　わたしを抱き
わたしたちに別れを告げ　国立《くにたち》の家から
鼻のつんつんするベルリン　寒さで頭のうしろがズキズ
　キするベルリンへ帰ってしまったあと
何故わたしはあなたのことを
あんなに何度も夢にみたのかしら?
（いまもその夢の影がわたしの内部《なか》に残っている）
あなたはガリバーのように大きな男だったのに
いつもわたしの夢の内部《なか》ではスワンだった

あなたであるスワンが
やわらかい曲線《カーブ》を描いて九月の空を飛ぶと
わたしは眠ったまま　ひんやりした雲の方へひきずられ
夜とも昼ともつかない半透明のトーキョーみたいに
　ちょっと頭を横にして眠り
下を走る銀色の電車が右のわき腹でコトコト音をたてる
　のをきき
心臓のまわりで動脈と静脈の高速道路をすべる自動車の
　車輪のこすれる音をきき
ガラスの服を着た頼りない巨人トーキョーみたいに　わ
たしは幾億もの細胞の目を閉じて眠り
ぽっかり穴の開いた見知らぬ空地の草のように足を投げ
出し
深く傷ついた壁から壁へ階段から階段へ夜気の腕を伸ば
し
おしだまった灰色のビルからビルへ無数の灯の点滅とと
　もにすべっていったとき
はるかにはるかに飛んでいくスワンを
寝返りを打ちながら　わたしはみたのでした

（誰も居ない部屋で誰もみない古いフィルムが音をたて
　てまわり続けている　わたしは夢のドアを開く）
おそらく　あなたは何日も何日も沈黙した空を飛び
眼鏡の向うのあなたの目みたいな薄青い空を渡り
あなたの白っぽい金髪みたいな渇いた麦畑を　飛んだの
　かも知れない

わたしはきいたのです
浅い眠りのなかでヨーロッパの平原を走る汽車があり
不可解なさまざまな国の言語《ことば》を
重い服に閉じ込められておし黙って
運河のなかを流れていく　沈黙の言語《ことば》を
わたしは膵《すい》臓のなかできいたのです
まだみたこともない黒い森や
緊張した国境線や　高速道路《アウト・バーン》にふる霙や
砕けて黒こげになった教会の頭骸や
女の目みたいな湖を
何故夢のなかであんなにはっきりみたのかしら？

突然　あなたであるスワンは
薄青い航空便の便箋のうえを飛んでいました
あなたはやたらに大きな看板のある壁ぞいにコツコツと
　靴音をたてて歩き
ビールや化粧品の広告のなかを窒息しそうになりながら
　歩き

それから　あなたは語ったのです
古くて混沌として不幸な未来のようなベルリンを
脳外科手術を受けて麻酔が目にしみるベルリンを
壁という壁が無数の夜の目を持ち動き出し
じっと自らを監視しはじめたベルリン
夢のなかで犬が歯をむきだし
ソーセイジをひきちぎるベルリン
古い優美な劇場の灯がすすりなくベルリン
20世紀の亡霊たちが霧の建物から建物を歩きまわるベル
　リン
はみだしてしまった世界の脳みそを露呈させながら生き
　るベルリン
そこでは誰でも自分の一生より長い影をひきずっている
　ベルリン
少しずつ年をとっていくベルリン
わたしの知らないベルリンを
そこで多くの若者たちが無気力になっていく精神の荒廃
　を

わたしたちが現在《いま》　この国でこのトーキョーで感じている物質文明の得体の知れない敵意が
理由のない苛立ちや重い疲労が
20年前のあなたのことを思い出させるのです

あなたは一瞬　カメラの暗箱に入る光線のように
すっとわたしの心を横切ったにすぎなかった
けれども長い年月の間に
未明の国境から国境へ渡るスワンのように
さまざまなみえないものを運び
そうして　わたしを変えていったのです

もちろん　あなたは絶望や苦悩ばかりを
運んできたのではないのです
それらを分ちあうことが
それらを理解しあうことが生きることだと
わたしに教えてくれたのです
あなたは映画「ヨハン・セバスチャン・バッハ」をベルリンで創ったと言った

あなたがわが家の椅子に腰かけて暖かい声で話すとき
あなたからその音楽がきこえてくるように
わたしは思った

あれから　あなたはペキンに行った
あれから　わたしは友だちと二人でローマやパリやバルセロナに行った
あなたはいまどこにいるのかしら?

いつか　わたしはベルリンへ行くだろうか?
わたしの内部《なか》のベルリン
わたしの内部《なか》のトーキョー
夢の内部《なか》のスワン

あなたはミュンヘンあたりで結婚してると思うの
たとえば　あなたが外から帰ってくる
オーヴァから雪をはらう
あなたのお嬢ちゃんをちょっと抱きあげる
それから　奥さんに挨拶して

チェス盤に降る雪は降りつもり降りやまじ

右の頬にキスして
左の頬にキスして
それから　あなたは音楽をかけたまま
外をみるとするでしょう
外は雪　まっしろい雪
あなたは椅子に深々と腰かけて
トーキョーやソウルやペキンを思い出すかしら？

この降りそそぐものはなになのか？
チェス盤にふる雪は降りつもり降りやまじ

わたしはここに居て
パリやローマやバルセロナを思い出す
ああ　ヘルムート　会いたいわ
ドイツにはほんとうにスワンがいるかしら？
今度あなたが来るときは
八宝菜もっとうまくなってるわ

この降りそそぐものはなになのか？

（『海のヴァイオリンがきこえる』一九八七年思潮社刊）

詩集〈ビルディングを運ぶ女たち〉から

はじまりのはじまりのうたのはじまり、沈黙のうた

沈黙の
顔は巨きい
雲の髭をはやしている

沈黙の
耳はするどい
星がまわる音をきく

沈黙は
隠している　雲の髭の下に耳の下に
青い地球を　わたしを

沈黙は
錘をたらす
暮れなずむ春の日のわたしのこころに

いま　沈黙は
白い食卓の上のはっさくの上にある

それから
何日も沈黙はそこにいる
千年も沈黙はそこにいる
雲の髭の下の耳の下の電波の下の
白いビルの下の小さな部屋のわたしのこころに
沈黙はするどい耳を開く

まだまだ

それから

沈黙はゆっくり動くゆっくりゆっくりゆっく
りゆっくりゆっくりゆっくりゆっ

くりゆっくりゆっくりゆ

宇宙が動く
わたしは見る
ダイヤモンドの大きな目の蛇の
宇宙が動く

六月のうた　こどもの絵本のためのエスキス

だれだ
ドアのむこうの
ひるのおつきさん

だれだ　だれだ
かきねの　むこうの
あおいあじさいの　むこうのへいの
まだらねこの　ぴんくのあじさいのあくび

だれだ　だれだ
でんせんのうえで　ひかるのは
だれだれだ
あまだれだ　あまだれだ
あまだれだれだれだれだ
あまだれのこどもと
あまだれのおばあちゃんと
あまだれのおんなと
あまだれのおとこが
くっついて
みな　おちた

声

もし　それがひとつの目ならば
なみだをいっぱいたたえているだろうか
もし　それがひとつの目ならば
もうひとつの目が

幾億光年ものかなたにあるだろうか
その　もうひとつの目にも
海がありくじらのおかあさんとこどもが
およいでいるだろうか
熱いパンみたいな大陸にはぞうやインパラが
はしっているだろうか
その　もうひとつの目にも
人間というふしぎな生きものがいるだろうか
そういう　ふたつの目をもつ深い顔を
おまえはかんがえたことがあるか
その顔のうえにゆきがふり
その顔のうえを星々がモビールのようにまわるのだ

おまえのからだがおおきくなるのをみると
ママはいつでもうっとりする
いちどはそういうくらい宇宙に
おまえとふたりで住んだことがあるからだ
宇宙もおまえのように
からだをもっているだろうか

宇宙のからだのなかで
かぞえきれない
星が誕生したり死んだりするのだろうか
そして　くらいくちびるから
ひとつの声がうまれ星雲から星雲をよこぎり
おまえのようにひくいうらわかい声で
うたうかもしれない　それはきっと
どんなハレルヤよりも
壮麗なうただろう

いつか
海をおよいだあとおまえはそれをきくかもしれない
いつか
犬とふざけたあとおまえはそれをきくかもしれない
いつか
犬とおまえと海は丘のうえに立って
そのうたをきくのだ
滝のようにおちてくるうたを

愛の本

本の頁を開け　わが子よ
緑の葉からしたたり落ちる雫の
大海からたち昇る都市と山と森から
浮びあがってくる小鳥たちの頁を
そうして　おまえの目の淵に
海の血を集めよ
誰も行かなかった心臓の国と氷の国を静かに訪れ
四人の大使と握手せよ

本の頁を開け　わが子よ
近づいてくる接吻
プラネタリウムの下に木の葉の下に
すべり込むもうひとつの肉体とはなにか？
沈黙の宇宙なのか？　すべての未知の星なのか？
いちりんの花の悲鳴なのか？　死の翼なのか？
もし愛があるなら本の頁を開け　わが子よ

そうして　もっと深い渇きから
ひとびとの心の闇にきらめく地下水に耳をつけよ
すると　おまえは甘い大地に飲みこまれる飲みこまれる
地下水は流れる　動物のねむり
鉱物のささやき　死者たちのつぶやき　立ちのぼる花の
　木

開け　宇宙をめぐる本の頁を
もはや目で見るためでなく
蠟燭の光で照らすのでなく
おまえの胸の本の頁を開け
その痛みの文字が星の雫に交わるとき　わが子よ

はるのふしぎな夜のこと

こどもたちはうたった
お月さま
けやきのくろい枝枝に

モクレンの花みたいに
ふうわりとねむっている
あれはしろいだれなの？
あれはしらさぎの金のむすめたち
あれはしらさぎの金のむすめたち
とおいくにからやってきて
ほしがながれてもうごかない
金いろのよつゆにかがやいて
いぬがほえてもうごかない
お月さま
あなたのおかおみたいに
よつゆにぬれて
やがて　月の卵をうむでしょう
——はるのふしぎな夜のこと

秋

鷲は言った　鶫《つぐみ》は言った
——俺たちの宝はなにか？
野うさぎは言った　橡の木は言った
——俺たちの宝はお日さまさ

お日さまは恥かしそうに海の中でお顔を洗い
お日さまの中の男と女は鏡のように見つめ合い
手を取りあって海のうえを都市のうえを歩き
大地にきらきらするものをばらまいた
お日さまは言った
——俺たちの宝は空さ

空は何も言わなかった
一万年　十万年　千万年　そして今日も
空は何も言わなかった

秋がやって来て
子どもの踝《くるぶし》まで青空が降りてきた

星のまたたく頭

まず
右手か左手に鉛筆かクレヨンを持って
線をひきなさい
きみのワイシャツの
線をひきなさい
ワイシャツときみの頭と鼻と目の
線をひきなさい

目に入る窓の線を
窓の向うの建築中の
うすむらさきのビルディングの線を
そのビルディングに住む
未知の住人は部屋に灯をつけているか？
未知の住人は灯を消して愛しあうか？
まだ見えない愛の線はどこで息しているか？
道路に沿って自転車でゆっくり
線をひきなさい

木ときみが立っている道路に真直ぐ
線をひきなさい
ステンレスの雨車にのって
街に線をひきなさい
スピードが早くなったら
スピーディに線をひきなさい
コンピューター・グラフィックのように
光る線をひきなさい
話す線　こまっている線　くるくる回転する線
三角　四角　まるまる四角　なめらかにすべる線

天と地の間に
うすむらさきの山々の線をひきなさい
テレビの画面の中に
動く線をひきなさい
ニュースソースの線をひきなさい
見える物と見えない物の間に
線をひきなさい
この線はほんとうかどうかを考える前に線をひきなさい

都市と海に線をひきなさい
生きている地図を
ヘリコプターで描きなさい

朝から夜に迂回して
ゆっくり帰る線を描きなさい
幼い日々から老年に少しずつ
進化する線を描きなさい
きみの脳髄はどんな複雑な線で動いているか?
線はきみの肉体の中で
つまずき　困惑する
犬はどんな線で吠えるか
他人の線の中できみの線はぴょんぴょん
音をたてるか

夜になったら　円を描き
空の頭をきみの頭にかぶせなさい　すると
きみの頭は　星のまたたく頭
きみの目に花を咲かせなさい
きみの声に水とんぼを飼いなさい
さあ　きみにきみが見えるようになりましたか?

犀はなぜ死んだか

突然　犀が一頭やって来た
自分勝手に女たちや男たちがやって来た
自分勝手に若者たちが他人を入れぬ暗い運河で苦しがっ
　ていた
そこで夜明けは都市をひき連れ犀に会いにやって来た
突然　犀は道路という道路を駆けまわり
とうとう無数の灰色のアスファルトになった
犀はアスファルトに　花々は劇場に
美しい目はビルディングに　繃帯は線路になった
けれども　老人たちは石膏の頭から血を流し
女と男たちはガラスの服を着てナイフとフォークを動か
　していた
巨きな心臓のうえを何百個もの動脈と静脈の車輪が走っ

た
子供たちが死にたがっているので
夜明けはバラ色の舌で子供たちを舐めてやらなければな
　らなかった
けれども　アスファルトに雨の槍がふり
薄目を開けた扉は鉤のついた手が中空で
子供たちをゆっくりとさらうのを見ていた

飛ぶ都市

こどものなかで都市が飛んでいる
おとなはだれもそれを知らない

それは数学の問題を解くときに起った
窓の近くで青ざめたおおきな目のどうぶつか
鳥の形をしたものがのぞいていた
こどもは驚いてふりむいた
都市は静かに近づき遠のき上昇し下降し
ゆっくり　こどもに合図した

こどものなかで都市が飛んでいた
あるとき　こどもは陸橋を渡っていた
橋がかすかに震動し
こどもはしいんとした青空をながめた
ちいさな凧のような都市がみるみる下降し
ゴオーと音をたててこどものからだを
横切った
それから何日も都市はこなかった
こどもはさびしいと思った
あの夜眠るとき　ゆっくり
都市はこどものからだのなかにはいった
心臓のうえにも胃のうえにも足にも手にも
すきとおった都市が輝き
こどもは都市とともにだちになった

こどものなかで都市はうつくしく成長していた
しかし　こどもはそれを口で言えなかった

ある日　校庭の隅で引越してきた女の子が
じいっとこどもをみつめ口をきいた
――きみ　ワタナベクンでしょ?
――ちがうよとこどもは言った
――へんだな。引越すまえに居た学校のワタナベクンと
　きみ　そっくりと女の子は　言った
女の子は折りたたんだちいさな紙きれをこどもにみせた
その紙きれのなかで女の子は空を飛んでいた
背中から都市が生えていた

その夜　こどもは夢をみた
白い太陽が幾つも空に輝いていた
こどもは空を飛んでいた

湖のうえに　おおきなスワンのような都市が
ひらりと降りたち　スィッとすべった
こどもも湖のうえにひらりと降りた
二羽のスワン都市はスィッスィッと
湖をすべった
真白い影のない高層建築物のスワン都市の間を
すきとおったからだの女の子が歩いてきた
あの子だとこどもは叫んで目を覚した

こどものなかで都市が飛んでいる
おとなはだれもそれを知らない

ギャラクシーの手

心臓の国の氷の駅で
あなたに会ったからには　死ななければならない
　死ななければならない
握手すると　影の模造大理石が動き
あなたの手から星がこぼれ
わたしのからだじゅうを駆けめぐった

ガラスの重いまぶたの向こうで

レールが続きレールがするどくうねり
見知らぬ街が続き
もしかしたら　見知らぬ街のどこかで
あなたと何年も暮らしたことがあるのではないか？
あなたとはじめて会ったのに
どうしてわたしはそう思うのだろう？
ベッドで星がこぼれ
あなたとわたしはゆるやかに回転し
冬の夜ごと　一匹の暗い馬が
オリオン座の馬頭星雲めざして飛びだして行ったのでは
　ないか？

どうして私はそう思うのだろう？
心臓の国の氷の駅では
ステンレスの列車が入り
ステンレスの列車が出て行き
ひとびとが血液のように流れ
とどまることを知らない
こんなにたくさんのひとびとがみんな
デジタルウォッチをし
ハンケチで汗をふきながら
模造大理石の模様の不気味な顔のなかに
吸いこまれて行くなんて信じられない
こんなにたくさんのひとびとがみんな
あなたと呼ばれるひとだなんて信じられない
ここから巨大な木のように
無数のビルディングが生え
クリスマスツリーのように
衣装や家具や化粧品やメガネや食料品が
きらきらとなるなんて信じられない
ガラスの重いまぶたの向うでデジタルウォッチが動き
わたしが到着すると
あなたは出発し
おお　あなたは誰なのか？
あなたの愛にわたしは遅れたのではないのか？
詩の朗読会に遅れたのではないのか？
レールの向うで
別な街が続き

あなたは幾つものドアを開け
凍るドアの燃える本の頁のなかで
別な恋に震えているのだろうか？
ひとの生涯が埋まる程の本があるだろうか？

心臓の国の氷の駅で
青い服のそうじのおじさんがすべり
ひとびとが血液のように集まり
音がはじけ　光ファイバーが語る
こんなにたくさんのひとびとがみんな
あなたと呼ばれるひとだなんて考えられない

わたしは歩いて行こう
ひらめく音のなか　はためく光のなか
壁のなかの謎めいた顔の間を通り
アンモン貝のつぶやきを聞き
下水管を流れ　電波の罠をとび
ひっかき砕けもがきながら
あなたに会いに行こう

きっとあなたも今夜はひとりだろうから
闇のなかで　ギャラクシーの手が近づく
わたしの泪をそっとぬぐうため
心臓の国の氷の駅で
あなたに会ったからには　死ななければならない

一個のオレンジは語った

病気をしていると言った
十二指腸潰瘍だと言った
もう二十年近く持ち歩いているが
ときどき痛みがひどくなると言った
それでも　あなたは上の方で珈琲をそろそろ啜り
下の方で白い紙包みから白い粉薬をそろそろ飲んだ
下の方で土色の死者たちがそろそろ歩き
上の方でモクレンの花びらが散った
上の方で何百もの車輪が回転し駅ビルがかすかに震動し

下の方でわたしは珈琲を飲んでいた
さっきから　わたしは
まばゆい一個のオレンジが遊星のように
わたしたちのまわりを廻っている　と思った

銀色の電車が行き
五月がやって来た
霧がたちこめひとびとが陸橋を渡り
五月がやって来た

まばゆい一個の遊星オレンジに誘われて
わたしたちはエレベーターに乗った
衣類や家具や食器の間を通り
人込みの間をゆるやかにくぐり抜け
ようやく　わたしたちはそれを見た
ガラスのケースの中の
石の　黒い釈迦牟尼を
二千年もの間その肉体は
すさまじい飢えでえぐり取られ黒い木の根のようだった

驚くべきことに
二つの目だけが星のように生き生きと輝いていた
わたしたちは茫然としながら
ひとりの人間の肉体が暗いほのかな宇宙空間を孕んで
瞬時瞬時二つの目を誕生させているのを見た
しかも　わたしは見た
一個のまばゆいオレンジが
その二つの目の奥をスイッと横切り
デパートの人込みの間をゆるやかに回転するのを
おお　したたり落ちるオレンジ太陽
六十階のガラスの摩天楼の上で
わたしたちはまぶしく向い合った
おお　わたしたちが不可解な何かの卵だった頃わたしした
ちが恐龍だった頃わたしたちが岩石だった頃青い海が
渦巻いていた頃
六本木の家であなたにフランス語を習ったとき　若くて
自分をどうして良いのかわからなかったとき　手紙を
書いたとき　墓地の間の木のまわりを静かに歩いたと
き

そして　わたしたちが一個の完璧なオレンジだったとき
　内部の千の目を開き貪りあったとき

あなたは上の方で珈琲をそろそろと飲み
下の方で白い紙包みから白い粉薬をそろそろと飲んだ
下の方で土色の死者たちがゆるやかに歩き
上の方で白いモクレンの花びらが散った五月
一個のまばゆいオレンジは語った

ビルディングを運ぶ女たち

女たちがやって来た
ノッシノッシと腰をふり
黒い一角獣のミシンをひき連れて
スプーンの音をたてて
女たちがやって来た
すると　いままで見たこともない
太陽が地響きを立てて動き出す

どこかで沼が恐ろしい目を開け立ちあがり
アスファルトのひび割れから虹がこぼれる

女たちがやって来た
井戸のことばと黒い夜のことばと
プランクトンのことばと哺乳動物のことばで語り
窓から窓へビルディングからビルディングへ
橋から橋へ電車から電車へ
クレーンのように腕を持ちあげる
真昼の中の異様な多彩の夜の目を持ち
死者たちの匂いとつぶやきをひき連れて
まだ若いけもののように
女たちがやって来た

女たちがやって来た
すると　白いモクレンの花びらから
赤ン坊の目がのぞく
女たちがやって来た
何百個という苦悩の車輪がまわり

書類の中を　楽譜の中を
コンピューターの中を
コーヒーカップの中を
地下の鉄管の中を
女たちが走る走る　泳ぐ髪とのけぞる乳房

女たちがやって来た
青い青いスカートをはいた
大空の女たち　稲妻の女たち
テレビ塔にレース編の足をひっかける
不気味なジェット機とジェット機が空中で
セックスするのを見たのは誰だ？

もう一度わたしは言う
女たちがやって来た
世界よ　目を覚ませ！

予感

青いひとつの目には雪がふり
もうひとつの目には燃える孔雀が棲んでいた

ゆっくり死の海は高まり水平線を
つなぎ私たちは接吻した

もうどこへ行く気もなくなにも
話す気もなくなった黒いバアの新宿の片隅で

あなたのなかの灰色のパリと
私のなかの灰色の東京はあたたかい腕を伸ばし
抱き合いゴオゴオと音をたてた

きみは　なんていう名前？
そんなこと重要じゃないわ

私は予感

震える都市の頭骸から飛び立とうとしている
ヒマラヤ杉
の緑の鳥

私は雪人間すぐ
消える

あなたは砕けちる灰色の海の頭に沈む
太陽の緑の光線私は予感

セッチマはみがき

妹はセッチマはみがきで毎日
歯を磨くと歯がすりへってしまうと言う
バナーナを食べたあと
セッチマはみがきで歯を磨いた
ぐじゅ　ぐじゅ　ぐじゅぐじゅぺ
セッチマはみがきは西ドイツ製で

ピンクの箱の中のピンクのチューブに
白いねりはみがきが35g入っている
ぐじゅぐじゅぐじゅぐじゅぐじゅぺ
セッチマはみがきの成分は
ラウロイルサルコシンナトリウムと
パラペンとラウリル硫酸ナトリウムと香料で
ぐじゅぐじゅぐじゅぐじゅぐじゅぺ
下の歯の裏側のニコチンタールは
なかなか取れない
歯茎が真赤になった　唇がピリピリする
ぐじゅぐじゅぐじゅぐじゅぐじゅぺ
水曜日がすりへって真白になった

一九八八年一月二七日午後3時
私XYZは地中海通り過ぎ
地中海うら通りの
NATIONAL AZABU SUPERMARKET で
セッチマはみがきを2個買った

雨

夕食のあと　ウーロン茶を啜りながら
サハラ砂漠のナショナルパークから
パリへ帰ってきた
マリ・フランソワのスライドフィルムを
わたしたちは見た
厳しい空の青がゴツゴツした岩山を
鋳型のようにくりぬいていて
その岩山を赤い砂がもりあがってきて
埋めようとしていた
息をのむ程の空の青さの中を
マリ・フランソワを交えた自然保護員の
10人のスタッフが2ヵ月もホンダのジープで
移動するという
2キロに渡る大峡谷を
わたしたちは見た
四千年前に描かれた動物の親子を
象の親子や
牛の群れや
5メートルもあるひとの男の形や女の形を
もっと巨きな　宇宙に消えていきそうな
星形の手の巨人を
それらの絵は2キロに渡って続いていて
旅行者の自動車が通るたびに
少しずつ消えていくという
また　わたしたちは見た
青いターバンを巻いた青い衣の男が
奇妙な小さなかんぼくのような草原に腰かけているのを
その男は砂漠に雨がふったのでよろこんでいるのだという
その小さなかんぼくのような草は
百万もの種子を鈴なりにつけていて
ほんの一瞬の雨でも砂の中からよみがえり
一週間でたちまち砂漠は草原になるという

ウーロン茶を啜りながら
ふと　わたしは同じ時刻に

東京で眠っている
あなたのことを想った
眠っているあなたは砂漠なのだ
眠りの砂漠には
大峡谷があり
ナウマン象がふりかえり
こどもの象を連れて歩いているのだ
火の魚や
アンモナイトや
太古からの深淵をのぞく柱の陰の動物たちや
衛星のジュラルミンの破片や
宇宙服や
星形の手の宇宙人が明け方の空に
消えていくのだと

わたしは急に光速のスピードでパリから
東京へ飛んで帰り
眠っているあなたを揺さぶり起こしたくなった
あなたは2万年も待っているのだ

このわたしを
雨のわたしを

昴《すばる》

わたしたちは　新月のはまべをあるいていた
まっくらではあったが　海のほうから
たくさんの波のてりかえしが　おしよせてきて
それほど　こわくはなかった

そのとき　天の川の　星のグループが
ちかづいてきて
いっぽんのリンゴの木のように回転した

わたしたちはお互いの運命をかきまぜて
願いごとを光の木にたくした
犬が吠えたのだ　そのとき　うらさびしいはまべの小屋
で

わたしたち人間はお互いには見えない
光体《アウラ》を発しているから　犬がおびえるのだ
と誰かがいった

北の果ての半島で　出会ったわたしたちの
ちいさなグループはあの日以来
昴となって　いまここにない別の天体を生きている

ゆきのふる日にわたしたちは想う
天のリンゴはもう熟れたかしら？

尋ねびと

団地の19階の窓から
雨のようにきらきら光る緑色の髪の女の子が
ひらりと抜け出して自転車に乗って
ゆっくりゆっくり夜の空を散歩して
消えました　女の子を探してください
とM惑星から通信がありました

それから地球も
おおきな目をして女の子を探しましたが
砂漠にも海のうえにも都市のうえにも
女の子は見つかりません
梅雨前線が激しく渦巻き地球も消えました

宇宙の真ン中で笑い声がきこえます
自転車に乗った雨の緑の髪の女の子と
美しい目の地球を探してください

顔

その顔は
夜の庭に眠っていた

しゃくなげの花がしずかにひらき散り
ライラックの花がしずかにひらき散り
さまざまな花の木の葉と葉のまぶたが
かすかにふるえ　おののいていた

その顔は　黒い土の中で
花ビラの唇をすこし開け
自分が何者であったか
思い出そうとしていた

いつだったか若い女だったのか
それとも死の国の鳥だったのか
しかし顔は秋の雨がふり
あらゆるりんかくを失ってしまった　しかし
青空がやってきて花の散りしいた庭に
ゆっくりひとつの顔が近づいてきた

ヒマラヤ杉まで背のびして
泰山木の葉まで浮きあがって
顔は自分自身の顔を思い出した
炎のようにゆらめきながら歩く高い国の
ひとびとの顔を
はじまりの国の翼ある顔を

遠いわたし

わたしはそのひとの顔をみていた
そのひとが話す声をきいていた
すると　そのひとの顔のあたりに霧が漂い
そのひとの声から海の音がひたひた
ひたひたときこえてきた

わたしはそのひとに尋ねてみたかった
あなたは海の側に住んだことがあるのではないかと
わたしはもっときいてみたかった
まだ星が輝いている暗い海に舟を出して

椿の花がいっぱい咲いている
島に行ったことがあるのではないかと
椿の花たちの間で
海を泳いだことがあるのではないかと

けれども　そのひとは別の話をしていた
わたしはきいてみたかった
あなたは連絡船がぼおと太い音をたてる
湾の沿りに住んだことはないかと
あなたのふるさとは
わたしのふるさとと
同じではないかと
また　わたしはきいてみたかった
あなたは海に降る雪をみたことがあるかと
おお　その海に降る雪をみていると
ずっとうえの方に透きとおった壮麗な都市があり
その都市に住むひとびとが
静かに歩くのがみえるようなことがなかったかと

けれども　そのひとは別の話をしていて
静かに笑ったりしている
わたしも笑い別の話をしていた
けれども　わたしは考えていた
そのひとと話していると
とてもすばやくとてもすばやく
時が過ぎていって
春夏秋冬と過ぎていって　ちょうど
林檎園の林檎の木が白い花をつけたかと思うと
もう林檎が赤く色づくようだと

なぜ林檎がほんのりと色づく頃
重い制服を着た高校生のわたしは恥かしかったのかし
ら?

遠いわたし　遠いわたし
いま　ふるさとの林檎のうえを丘を森を風が渡り
ランプを点して通りすぎていくひとがいる
やがて　ほの白い空から雪が降ってくる

そう　思い
わたしはそのひとの顔をみていた

氷河動く　八戸市種差海岸にて

ネパールの山中の川から
おおきなアンモナイトの化石が見つかったという
海は何億年もインド大陸を押し続け
ヒマラヤ山脈を高く高くそびえさせている
サンフランシスコの近くでは
レッドウッドの森が霧の中で高く高く成長している
百メートルも高い木は
何を考えているのだろう?
ヒマラヤは何を考えているのだろう?

もし　20世紀の終りに　われわれの
得体の知れない敵意や
理由のない苛立ちや　重い疲労から

われわれが滅びるとすれば
　われわれだけが滅びるのだ
われわれが愚かだとすれば
　われわれだけが愚かなのだ

けれども葱畑を渡るあの白いモンシロチョウは滅びない
だろう
あのゆめみるように咲いているタチアオイも滅びないだ
ろう
むこうの森に霧が動いていく
あそこでは青い服を着て震えている
一本の杉が立っていて
あれはもうひとりの私なのだ　たぶん……
われわれの内部の絶望や希望や恐怖や腐敗を見るのでな
く
われわれの内部の砂漠や空や海や山や森を見よ
丘のうえの草に頭をつけて

下の海辺でたわむれているひとびとを見る
人間は海からあがり
ひとかたまりになって
海を見る
じっと海を見る
海を前に立つひとびとはつつましい

きのう
あなたの目の中で
氷河が動くのを
私は見た
氷河に閉じ込められた
狂った美しい動物も見た
あなたの目の中で
氷河
　動く
氷河
　動く

花

ロバート・メイプルソープの写真「フラワーズ」に

ヘルメスが泣いている
白いまぶたの裏に雨がふりそそぐ

白い林の中を
霧のように
ヘルメスはさまよっている
花がどこにあるか
彼は知っている
枯葉の下の土の中に
口を開けたまま
雨に打たれて
花は眠っている
彼はゆっくり土の中に手を入れ
くびられた幼女を抱きしめる
重い花をかかえて
霧の都市を昇っていく

虹の都市のはずれの
天の庭へ　花たちの仲間へ
幼女をそっと置く　その幼女が
クロッカスになるのか
ヒアシンスになるのか
まつむしそうになるのか
ヘルメスはまだ知らない

ヘルメスはうなだれて病院の
青い窓辺に立っている
苦しみを終えていま
旅立つあたらしい死者のために
あたらしい花の名を呼ぶ
あたらしい死の花の名を
彼はゆっくり死者の手を取って
天の庭を差す
そこでは星も人間《ひと》も花も区別がつかないという
死者はうなずき真すぐ花のように
昇っていく

ヘルメスの白いまぶたの裏に花が咲く
天の庭に細い雨がふりそそぐ

花

パウル・ツェランに

かつて　かれはいっぽんの白い薔薇だった
かれはどうすることができたろう
かれは土をこえて石をこえて茨をこえて夜をこえて
まっすぐ　かれらに会いに行った
　崖からしみ出している死者　顔のない死者　死者の
　胎内の幼い死者　もはや拾い集めることのできない
　死者のかけら　カラカラ音をたてる死者に
かれはなんと言えただろう
ながい沈黙のあと　息もたえだえに
花………花………と言った
詩人の傷口からいっぽんの白い薔薇が咲きこぼれた

すると　おびただしい星が吐息をもらした
そして　いまもかれはかれらにまじり
いっぽんの白い薔薇なのだ
かれはいまも言う
こんどはわたしたち生きている者に向って

花…………花…………
ハ・レ・ル・ヤ…………と
すると　わたしたちのまわりを静かな大星雲が
ぐるりとまわる　ちぎれた　白い匂いにつつまれて
八月には　白いいっぽんの薔薇を見よ——

たましいの家

あの家は
どうしているだろうと

明け方の浅い眠りの中に
現れることがある

すると夢の中で家は
大きな風にあおられて
オルガンのように鳴り出したり
屋根がなくなり満天の星がこぼれ落ちたりしている

北の果ての海の近く
昔、りんご園だったところに家は建っている
父が逝って十年　ついこの間母が逝って
もう誰も居なくなったあの家に
春になって帰るのが私はちょっぴり怖い

タクシーを降りて
ドアの鍵を開ける　カーテンを開けて
ガランとした居間を見おろす

すると　緑色の大理石の時計から

もうひとつの時間が泉のようにこんこんと湧き出ていて
家全体を満たし私をひどくひどく驚かすに違いない

生きているときにあんなふうに
なにげなく私を見ていた母のまなざしが
庭のライラックやしゃくなげからこぼれてきて
私はつらくなるだろう
亡き父よ亡き母よ　あなたがたのあたらしい時間に
私はまだ慣れていないのです

すばらしい手

子どもは丘のうえのシロツメグサの中に寝そべっていた
寝そべりながら黒い杉の森で大きな手が動くのを見た
泉には枯葉が落ちていて土の下の　ずっと底に
青空があり死者の声がくぐもってきこえてきた

乾いた白い道や途方にくれた理髪店があった
そこからちいさな畑道やちいさな灰色の町が細く続いていた
日が暮れようとしていた　雲のカーテンから光が洩れ出し
光の柱となって暗い畑に降りていた
やわらかな声が空をすべっていった

おまえはどこだあ　わたしはここにいる――

子どもは両手をひろげて　水をすくうように
風や光や森や泉や町をすくおうとした
四十年もたってから　そのひとは都会の真ン中で両の手で
荒れ果てた顔を何度も何度もこすり　手を光にかざし透かし模様のように
両の手の中にちいさな森や町や泉や崖が　ゆっくり
うかびあがるのを見る　すると　なんとうかびあがってくるのだろう

おまえはどこだあ　わたしはここにいる——

音楽のような朝

いつの頃からか
わたしの体のなかに熱い朝が眠っている
とわたしにはおもえる

どこからともなく
青ざめた光線がやって来て
海岸のごつごつした岩を照らし
それから紫の光線がやって来て
玉砂利の円い石たちを照らし
そうして　どこかの
古い井戸の水を沸き立つバラ色に変えるのだ
海の方から誰かがやって来る
やって来る　まぶしくてよく見えないのだが
それは女のようだ　女はやって来て
草原に眠っている無精髭の男を揺すぶる
するとみる間に大地の影という影がぐらぐらと揺れ
季節が発酵する　緑の葉のしたに
死者たちがつぶやき通り過ぎ
緑の葉のしたにもう　果物が熟し
果物がゆっくり熟するように
ひとびとの心が熟し
暗い田んぼの向うに
家々の灯がともるのだ

なぜわたしの体のなかに
そういう熱い朝ではじまる完璧な一日が
あるのか知らない
まるで夢のなかの熱い
見たこともないわたしの恋人が
わたしの胸のうえで
むっくりと起きあがるような一日が

もしかしたら　そういう一日は
アジアの果てのいりくんだ島々の
平凡な一日かも知れない
しかし　あまりに微妙であまりにすばやく
あまりにゆるやかなので
わたしたち人間には感知できないのかも知れない

しかし　海の淵の
灰色の不思議な顔をした岩や
その岩に生えている松や
松の枝枝に止まる鳥だけがじっと
そういう朝で始まる一日を　千年を
見ることができるのかも知れない

しかし　そういう熱い朝がほんとうにやって来ると
海は透きとおった本の頁を開き　もう後戻りできない
未来が始まるのだ
とわたしにはおもえる

（『ビルディングを運ぶ女たち』一九九一年思潮社刊）

エッセイ

わたしはこうして発見した

詩を読むことと書くこと

その日、わたしに黒いリボンがかかった花籠が送られてきた。すぐ花の送り主、落合恵子さんから電話がかかってきた。「お母さんが亡くなられて……」彼女はそう言ったと思う。わたしはあわてて、とてもきれい、きれいと花のことばかり言って電話を切った。わたしは彼女のクレヨンハウスで開校したミズ・オープン・スクールで詩の講座を受け持つことになっていた。それから、わたしと妹は母を立川の焼場に運び、母の遺骨を妹は灰色の大きなボストンバッグにつめ、八戸でお葬式をし、福島のお寺に持って行った。立川と八戸と福島の三ヶ所の儀式を済ませて、雨がじゃーじゃー降る日新幹線に乗って東京に帰り、翌日、クレヨンハウスで皆で詩を読み始めたのだ。

正直に言ってこの講座がうまく進行するかどうか全く自信がなかった。一ヵ月にわたる母の看病のための病院通いと葬儀とその前の長期にわたるハウ・ツーものの仕事のために、わたしは疲労困憊していた。初回は確かわたしが面白いと思った詩、ルネ・シャールの「身ぶるう」とアンリ・ミショーの「突堤」と「「死」への路上で」と清岡卓行さんの「大学の庭で」だったと思う。わたしはその時自分で、大いなる綿の氷山にであった死にゆく母に向かって、「かあさん、ぼくたちはうまくやってるからね。」というアンリ・ミショーの詩を読んだのだ。(すると、かあさんは全く若い娘のようにいたずらっぽく笑うのだが)そうして、わたしは自分の母とさよならをしたのだった。そして、地方のひとに送る録音テープは確かに廻っていた。

会は思ったよりうまく行った。一週間に一度、私たちは詩を読み、その後ごはんを食べ原宿の街で安いTシャツなどを買ったりして別れた。その時、体は疲れているが忙しいことは良いことに違いなかった。考えている暇もなく三ヵ月過ぎた。そして、第二回目の講座が始まったとき、私たちはひどく感激して旧知の親友に出会ったかのように爆発的におしゃべりし合ったのだった。まず、もう一度出会えたということに何かの因縁のようなものを感じたこと、そして、少しずつ、どんなひとたちなのか知り合いたいと思った。

それから、わたしたちは自分が少し都会の〝根なし草〟にすぎないということがわかりだしたのだった。

わたしたちが生きる場所

ところで、わたしはその頃、いわゆる「現代詩」というものに深い悩みを抱き始めていた。

この悩みはいまでも続いていることはいるが、その頃よりはるかに薄れているように思える。そして、この悩みに最も深く鋭く答えているイヴ・ボンヌフォアの言葉を読んだのである。これは『フランスの現代詩』(思潮社)という本の中に載っている「ル・デバ」紙の一九八九年のアンケートの質問とイヴ・ボンヌフォワの答えの要約あるいは部分である。

――質問

数多くの作品が産みだされ、何人かの高名な創造的人物が存在していることとは別に、詩は詩そのものとして、たとえば第二次大戦直後になお有していた社会的影響力や大衆の間での輝きを、もはや持たなくなってしまった、という事態が認められる。そしてこのことは重大な問題を含んでいる。(中略)以上のような認識に同意されるか。仮りに同意される場合、――こうした現象の深い原因をどのようにお考えになるか。――こうした翳り、仮りに翳りというものが存在するとしての話であるが、この翳りは、一時的なもののように見えるか、それとも、文学の領域に起っている深く永続的な変質に呼応するものであると考えられるか。

――イヴ・ボンヌフォア

一、(省略)

二、もうひとつの病のほうが深刻である。こちらは、詩がそこに起源を有し、何の妨げを受けることもなく己れの特質に到達できるはずのまさにその場所に、発現する病である。その起源とは、われわれひとりひとりが抱く、自分が意味を備えた一つの世界のなかにいる、という感情のことだ。この意味を受け止め、深めたいという、あるいは変えたいという欲望のことだ。戦争におけるように、世界にあって純然たる物質にすぎないものが、その重みもろとも、人間が言葉を用いて按排しようとしてきたもののうえに崩れ落ちてくるときに、この意味を回復しようとする努力のことだ。Ⓐ詩とは、言葉を用いる存在とその対話者たちが彼らの満ち足りた状態を見出しうる地上の場、それゆえ闘い合うのではなしに助け合えるような場、の探求である。詩は、足下に物質しか持たないわれわれの唯一本質的なありようとなるはずの「場所」、ともかくも、われわれが生き続けられるまさしく唯一のチャンスを与えてくれるはずの「場所」を、構築するのである。さもなければ、少なくともそれを呼び起こしてくれるはずである。

しかし、現代社会は、一個の土地という地平において自分のとる行動や自分の下す決定に責任の持てる真の主体と呼びうる個人の集まりでは、もはやなくなろうとしている。（中略）絶対の体験などというものは、自己との、また他者との関係になっては夢のようなものであることは私も認めるが、これがなければ実存には意味がないし、社会には未来がない。ごく最近まで知られていなかったこの欠如こそ、今日多くの人々を詩から遠ざけているものだ。（中略）

Ⓑ（しかし、また別の言語にとり憑かれた人びとは）もはや自ら発するのでない記号や合図に対して注意深い彼らは、発信者たちのなかに、自身が変わり新たな意味作用を引き受ける事態になるのは覚悟のうえで、他人に自らのメッセージをキャッチさせていることを知っている。そのようなことが起るのは、発信者たちを観察している彼ら自身が、ひとつの場を築いたり他者との関係のなかにひとつの時間を開いたりひとつの運命について思いを凝らしたりすることを使命としない言語構造体にすぎなくともよしとするエクリチュールに熱中してしまう場合である。発信者の言葉の閉鎖性自体が牽引力となって、現代の大空間のなかを何にも繋ぎ止められずに浮遊するシニフィアンの流れを、自分のほうへ引き寄せる。（中略）彼らの言葉のなかには散り散りになったものだけが

残っていて、これを結び合わせるには彼ら自身の死が必要である。

　それゆえ読者は、人があれほどに剝奪されているもの、つまりテクストにおける現実に他ならないのだが、それと出会うために、著者の死を待ち望む。（Ⓐ Ⓑ筆者付す）

不完全な長い引用になったが、心ある読者なら、あるいは現代詩と呼ばれるものに悩んでいる詩人なら、きっと理解して頂けると思う。わたしはこれ程鋭く深く明晰な現代詩批判を、あるいは現代詩の解釈を読んだことがない。多くの詩を書くひとがⒶを望みながら、Ⓑに否応なしに剝奪されていく苦々しい体験を何度も繰返したに違いない。

　わたしはわたしが生きる「場所」を望んでいた。この「場所」とはわたしひとりの「場所」であり得るはずがなく、闘い合うのではなしに助け合える場でなければならなかった。わたしはそれを求めていた。わたしは「ラ・メール」でそれを得た。わたしは多くの女たちがこの百年生き続けてきた過程がありありとわかるような新鮮な多くの詩に出会い、多くの友人を得た。しかし、わたしはもっともっと直接的な何かを望んでいた。要するにそれは女性が生き生きと生きられる未来社会に繫がるものでなければならなかった。と同時にその社会に加わってわたし自身も生きられるものでなければならなかった。

ゆるやかなギア・チェンジ

はじめ、わたしは皆で声を出して詩を読むということが何であるのか、わからなかった。

ただ、わたしが十代の頃から一人でひそかに読み続けてきた詩（いつも熱心だったわけではない）をもう一度ひっぱりだしてきてコピーして読んでみたいという欲求をもっていた。なぜなら、それらの詩はわたしの中でいつも宝物のようにきらきら揺らめいていて、この宝物を皆と一緒に味わったらどうなるだろうと思ったのだ。そして実際にそれがひとりのひとの声となったとき、信じられない美しさでわたしの耳に聴えてきた。天上の音楽のようだと言ったひとも居た。なぜなのか知らないがある意味ではそれは本当だった。しかも、どのひとの声も美しいのである。わたしたちは次々に詩を読んだ。すると、わたしたちはわたしたちの声がモーツァルトかバッハかシューベルトかベートーベンの音楽を奏でているような気分になった。何ということ。つまり、心の中の宝物がいま実際に耳に聴えてくる。これは大げさ過ぎると思われるかも知れないが、ある意味では本当でわたしたちが目で読んでいる時には、それほど詩が美しいものであるということを知らなかったのだ。考えてみれば、音楽も絵画も詩も彫刻もそれぞれ分野が違うだけで美しさは変りないのだ。わたしたちは世界中の美しい詩を読んでいるのだから、当り前のことなのだ。第二回目は自分たちで地方のひとに録音テープを発送した。発送してくれるひととダビングしてくれるひとが現われた。そして、そこではわたしは先生でも生徒でもなかった。一員だった。わたしたちは少しずつ工夫し始めた。まず清岡卓行さんの『薔薇ぐるい』に出てくる詩の教室のように自由で潑剌としたものでなければならなかった。ほんの少しずつわたしたちは原文、ドイツ語やフランス語や英語で読み始めた。そのうち、あるひとはリルケのドゥイノの悲歌の「つかのまの存在をおくるには……月桂樹であることもできようのに、なぜ人間の生を負いつづけねばならぬのか」がえらく気にいったと言った。あるひとはゲーテのリンコイスの夜ふけ歌「幸福な二つの目よ、おまえが見たものは、何が何であろうとさすがにみんなうつくしかった」が好きだと言った。なかなか発言しない看護婦さんは壺井繁治の「空の中には空だけあった」を好きだと言ってわたしは嬉しくなった。彼女は飛行機にははじめて乗ってみたら、そう思ったと言うのだ。お正月には皆でゲタゲタ笑う詩を、戦争の詩、性の詩、愛の詩、薔薇の詩、中国の詩、何でも読んだ。そうして、わたしはまた詩が好きになったのだ。

それからわたしはまた人間が好きになった。

特に一日の労働を終えて詩を読みにくる肉体労働者が好きで好きでたまらなくなった。

朝三時半に起きるパン屋さん、高校の先生、病気で手術したのに一回しか休まなかった看護婦さん、スナックのママ、主婦、お針子さん、わたしの中学時代の友人、地方のひとびと、すべてのひとがお互いに気にいったのだ。
　そして、彼女たちの強さ、明るさ、謙虚さ、平静さ、体験の豊かさ、何よりも大らかな人間らしさが好きになった。わたしはいま、彼女たちから自立への道を学ぼうとしている。わたしはゆるやかにギア・チェンジし始めたのだ。「ひとを変えようとしてはいけない。自分を変えなければ……」（ロビンノーウッド著、落合恵子訳『愛しすぎる女たちへの手紙』より）自立への道は一番最後からよちよち歩きでついて行こうとしている。「都市の肉体労働者は霊的存在でなければならない」とシモーヌ・ヴェイユは言っている。彼女たちこそ日本の夜明けを創るだろう。わたしは遂に自然も何もないこの都市で、詩を書き生きる「場所」を発見したのだ。恐しい苦しみの果てに。今度こそ確かに一歩一歩、また一歩である。

（「現代詩ラ・メール」40号、一九九三年春号）

舞台裏の楽士のつぶやき

海のヴァイオリンがきこえる
お父ちゃん　あなたも海の青い部屋でヴァイオリンを
　弾いているのですか？
アルコール・ランプの青い炎で珈琲を沸かしているの
　ですか？
海はうつくしいですか？
生きているときに郵便切手や草花を大きなルーペで一
　心にながめたように
海草や貝や魚たちや珊瑚を観察しているのですか？
それとも写真を現像したり海底牧場や海底都市の設計
　図を引いているのですか？
海を散歩する自転車やスクリューを研究したり新しい
　生物や新しい鉱物を発見しましたか？
（中略）
物たちに対してあんなにデリケートだったあなたは
ことばに対してなぜあんなに無神経だったのでしょう

食事のときあなたの罵詈雑言に打ちのめされてわたし
　たちは魔法にかかった森の妖精たちのように身動き
　できなかった
きっと長い長い軍隊生活があなたの神経をズタズタに
　引裂いたのでしょうね
わたしが死ぬまで戦争を憎むのはたくさんのひとが死
　ぬだけでなく生き残った者の神経もズタズタにする
　からです
ときには　人間はことばによって
死ぬこともあるのですよ
いまは小学校や中学校の子どもたちがことばによって
　死ぬこともあるのです
（中略）
あなたはきらっていたけれど
わたしは詩人になりそうです
（中略）
このふりそそぐものはなになのか？　死者たちにも生
　きているものにもふるはなびらなのか？　目にみえ
　ない音楽の雪なのか？

チェス盤に降る雪は降りつもり降りやまじ

〈チェス盤に降る雪は降りつもり降りやまじ〉ということ

どこか宇宙の無限にひろがる遠い場所で雪がどんどん降りつもっている。どんどん降りつもっている雪の向うにぽっかりと灯が見える。広大な城の中で誰かと誰かが巨大なチェスをしている。誰と誰なのかははっきりわからない。しかし、チェスをするひとの影や息づかいまで伝わってくる。チェスを一心にするひとは雪の女王とカイなのかも知れない。アンデルセンの童話の少年カイはチェスではなく氷のかけらで一心に遊んでいる。いや、チェスをするひとは神さまと子供かも知れない。子供は夢中になって時々笑い声を立てる。チェスの馬に乗り雪の野原を駆ける。チェスの駒がチェス盤からポロリところがる。子供はハッとしてふりむく。子供のびっくりした様子がその髪の毛がまつげがその目が作者の私には見えるようだ。それから子供はチェスの相手の神さまを見る。駒はころがり続け遠い遠い現代の東京の新宿の三光町あたりの電車に乗って街を眺めている作者の私のところまで落ちてくる。
美の襲撃だ　美の襲撃だとあなたは叫んだ
（「彼女だ　Ｉ」より）

いや、そうではなく、チェスをしているのはナウシカのような女の子かも知れない。雪のように見えたのは花の花粉かも知れない。女の子は壊れかけた宇宙船に乗って旅をしている。不思議な音楽が流れている。音楽はくりかえしくりかえし主調音をかなでる。

海のヴァイオリンがきこえる
花の木の下をすきとおった死者たちがすれちがい陽光
　のゆらめきのなかでゆるやかに抱きあう
（「海のヴァイオリンがきこえる」より）

いや、そうではない。たとえばチェスをしているのは歴史的にある重要な瞬間なのかも知れない。第一次大戦勃発当時、チュリッヒである運命のようにそれとは知らず、これからどうなるかということも知らず、相手のことを全く知らずに詩人トリスタン・ツァラとレーニンはチェスをしていた。二人はチェス盤の上に全く異ったもの、一人はダダとシュールレアリズムなどの詩の爆発的革命を、一人は文字通りロシア革命を夢見ていた。

いつか　わたしはベルリンへ行くだろうか？
わたしの内部《なか》のベルリン　（「スワンが来る日に」より）

いや、そうではない。チェスとは人生なのだ。作者である私は常に常に新しく開ける人生と相対する誰かとチェスしている。雪の向う側にかぼそい手を伸ばしていま駒を置いた老人は誰なのか、あの悲しげな老人はもはや二十世紀には存在しなくなったという神なのか？　それともにやりと笑い三角形の尻尾をつまんでいるのはかわいらしい悪魔なのか知らん。私はどうも年とったり、若くなったりする。

あなたのまつげにもあなたの手にも雪が降り

わたしのまぶたにもわたしの足にも雪が降り
（中略）
少しずつ膝が冷え髪が白くなりはじめたのだ
（「I氏はインドに行った」より）

いや、この果てしない宇宙の旅の中では時間はどこかでブラック・ホールに突入するか、メビウスの環のように裏返るかしてスタンリー・キューブリックの「二〇〇一年宇宙の旅」のように赤ン坊から老人になり、老人から赤ン坊になるのか知らん。

路面電車がカラカラ音を立てて走り　尋常小学校のハ
　カマをはいたおばあちゃんがぴょんと跳び乗った
（「おばあちゃんの夢」より）

たまにはランボーのように幻視しなければならない。たとえば「時が流れる　お城が見える」というように。しかし、現代のお城とは都市のことに違いない。この都市に降る雪とは数字の雪に違いない。

23
24
25
26
27
28
29
30
31
32
33
34
35
36
37
38
39
40
41
42
43
（「彼女だ Ⅱ」より）

「時が流れる　お城が見える」という詩を読むと音楽が聴こえてくるのはなぜだろう？　きれいな音楽をたくさん聴こう。たとえば、ブラームスの「クラリネット五重奏曲」を聴いていると、

海のヴァイオリンがきこえる
遠く遠くの方から水晶の肩をふるわせ
浜辺に鏡のような潮が満ちてくる
（「海のヴァイオリンがきこえる」より）

という詩が生まれた。いいぞ、いいぞ、その調子。あれはまるでブラームスそっくりだ。次にバッハの「ゴールドベルク変奏曲」はぴょんぴょん跳ねたりひっくりかえったりする。

わたしは誰なのかいまだにわたしは知らない男でもなく女でもなく性もなく世界の数々の新しい魔法壜の水銀の裏側で胎児のように目を開けたままゆるやかに回転する回転するわたし
（「わたしは誰でしょう？ Ⅱ」より）

なぜチェス盤に降るのは雪なのか？

ほんとうは雨でもよかったのだ。雨ならばもっと生ま生ましくエロティックにしかし何もかも流れ浄化するように書くだろう。映画「ブレードランナー」の雨はすばらしかった。とにかく自然現象を書くこと、連打的に呪文のように繰返し繰返し。それは歴史やイデオロギーではない、人間の意志ではない、そうではなくてもっと根源的な自然現象の働き、作用、はとにかく世界を一変させるような変化につながるかも知れない。もっとマテリアルな感触を信頼せよ。

このふりそそぐものはなになのか？　時のクレバスにふる雪なのか？　目に見えない耳にきこえない音楽の雪なのか？　（「わたしは誰でしょう？ Ⅰ」より）

なぜ呪文なのか？

夜眠るとき、なにがしかのお経をとなえて眠りたい欲望。〈般若波羅蜜多《はんにゃはらみた》〉のようにわけのわからない深い知恵のあるものではなく、〈天にましますわれらの主よ〉のようにきまりきったものではなく、自分用の自作のわけのわからないとほうもないでたらめの心の慰めを得るありがたいお経がエッシャーの版画を見ている時、突然私の口をついて出た。すなわち〈チェス盤に降る雪は降りつもり降りやまじ〉と。この言葉に徹底的にこだわること。映画「市民ケーン」の「バラのつぼみ」のように何か鍵となる言葉にすること。

なぜ〈降りやまじ〉なのか？

チェスが西洋のものであるとするならば、どこかに日本を入れたかったのだと思う。このお経はホフスタッターの『ゲーデル、エッシャー、バッハあるいは不思議の環』を読み出したとき突然私の頭の中でぐるぐるとフーガかカノンのように鳴り出した。これは私用の〈おお、季節よ、おお、城よ〉なのである。

ベートーベンの第九交響曲のようにたとえば「田園」「英雄」というように現代の目に見える音楽を創りたかったけれど、果たして耳に聴こえたでしょうか？ 何だかこんなふうに書いていると自分が詐欺師かぺてん師のような気がします。


詩「海のヴァイオリンがきこえる」について

さて、いよいよ、この詩ですが、この詩はいままで舞台が都市に集中したわけですが、どこか間奏曲のように、舞台を田園か海の沿《へ》りにしたかったわけです。初め「チエス盤に降る雪は」という詩集のタイトルにしようとしましたが。この詩は私と言葉が等身大にすらすらと出てきて少しも苦労しなかったのです。

長いプロローグのあとじっと海を見ていると、死んでしまった肉親が現われる。ちょうどリルケの『ドゥイノの悲歌』のように詩を書くことは一般のひとが他の仕事をすることと同じ位大変で価値があることですと、父親に弁明しているわけです。あるいはこれから詩を書く仕事をしますと宣言しているわけです。

独立宣言といえば大げさですけれど、どうもそうしないとあの宇宙船から誰かが見ていて良くないことをしているかも知れないと後めたくびくびくしながら創作するのはイヤだったからです。それに女の子であるということもわかって欲しかったのです。どうも、こういう試みは苦手です。では今夜はこの辺で。


（「現代詩ラ・メール」30号、一九九〇年秋号）

ピストルとわたしの一週間の恋人

人生はミステリアスだ

ミステリーの話をしよう。でも、ミステリーの話はどこから始めたらよいのだろう?

たとえば、わたしが十九歳のある雨の降る日、傘立てにまだ雫のしたたりおちる傘を入れ、新宿の風月堂の椅子に腰かけたとたん、バッハのクラヴサンが鳴り響き、あっという声とともにわたしはミステリアスな女性に出会った。すると突然、いままでどんな本でも読んだことのない夢のような日々が始まったのだ。

Kは二十四歳になったばかりなのに、もう離婚していて、ボードレールのフランス語の詩集一冊しか持たず、レインコートを着て、大阪から上京してきたばかりだった。彼女は高円寺の三畳の下宿に暮らし、財産といえばテープレコーダーとGIベッドと長い長い髪の毛しか持っていなかったのに、男の子たちが次々に磁石に吸いつけられるようにあれよあれよというまに彼女に魅惑されて集まってきた。その日以来、彼女とわたしと男の子たちの冒険が始まった。それは三十年たったいまでも続いている。

彼女はトマトや時計を生きてるとか死んでるとかと言った。彼女は動物なら何でも好きで特に路地裏の猫の目は蠟燭の炎のように明るくなったり暗くなったり縞模様になったりするのを見るのが好きだった。彼女は遠い遠い都市《まち》のこと、彼女が幼い頃育ったハルピンの白い都市のことを語った。そこで会った工場の男の子のこと、そしてハルピンは世界で一番美しい都市だとも語った。彼女は銀座のガード下の靴みがきの話もした。うす暗い所で小さな釘を探したりすると靴みがきの目は最もデリケートな光を発するとも。それから場末の雨にうたれて破れた映画の看板から突然現れる美しい男についても語った。

夕方になると彼女の部屋の窓ガラスに砂をぶつけるかすかな音がした。「出ておいでよ」男の子が窓を見上げていった。それから、すらりと背の高い彼女は夕暮の街にゆっくり軽やかな足どりで出かけていくのである。

わたしは不器用でモサッとしていて、さっぱり男の子にもてないので、Ｋが羨ましくてしかたがなかった。それはいまでも変わりない。わたしは矢継ぎ早に質問した。一体どうやったら、あんなふうに男の子たちを惹きつけて置けるのか？　人生ってどんなこと？　恋するってどんなこと？　わたしの乏しい記憶力を駆使して思い出しただけでも、Ｋはわたしにすばらしいことを教えてくれた。「あのねぇ。人生っていうのはねぇ。十五年もひとりの男を愛することよ。たとえば十五年もウェイターをすることよ。……あのねぇ。恋するっていうのはねぇ。そのひとのそばに居たいっていうことよ。……寝るっていうのはねぇ。なんでもないことなのよ。でもそのあと、何が残るかが問題なのよ。」フーン。フーン。十九歳のわたしはぽかんと口を開けて驚いてばかり居た。こうして学校をさぼり、詩も書かず、Ｋと男の子たちの後を金魚のうんこみたいにくっついて歩いていた。Ｋの舞台は急激に拡がり、パリやローマやニューヨークやストックホルムやベルリンやロンドンや小さな島になったけれど、いまでも彼女の生き方は変わらない。彼女は街を歩いている。地下鉄に乗ったり図書館やレストランで急に男の子が彼女に声をかける。二人は笑い、「どこかでお会いしましたね。ほら、あそこのパーティで。ほら、あの映画の試写会で。」そう男が言う。ドイツ語で、スウェーデン語で英語で。するとたちまち、男の背後に国やカントリーや両親や幼い頃の風景が霧のように拡がりはじめる。男の目が鋭く静かになり、楽しそうに言う。ぼくの話を聴いてください。それから、彼女は笑う。声をたてて笑う。すると、あらゆる時空を超えて恋の冒険が事件が始まるのだ。そして、彼女はそれを生きる。全く信じられないような話なのだ。

でも、わたしはそうはいかない。全くそうはいかない。緊張症で不器用なわたしはさっぱりうまくいかない。「ザジ。あんたはせっかちだから、もし、男が好きになってもすぐ飛びかかっていっちゃ駄目よ。」Ｋは十九歳のわたしに釘をさした。

三十年たったある朝、わたしの夫と息子が朝食をとりながら、何やら低い声で男同士のひそひそ話をしているのを聞いてわたしは仰天してしまった。「あのね。女の子をつかまえるならね。ママみたいにせっかちな女の子がいいよ。せっかちな女の子はこちらが何もしなくても棚からボタモチみたいに落ちてくるからね。得するよ。」「うん。」身長一七五センチの巨体の息子はトーストやハムエッグやオレンジをぱくぱく食べ、この間ある大学を受験し補欠十三番だったので、気もそぞろに父親の話を聞きそそくさと消えてしまった。(この補欠十三番というのは補欠一番が十二人居たので、たった二点違いで合格点からはずれてしまったのだが、この宙ぶらりんの状態は親もやり切れない。)彼はいま十九歳だ。それからぼんやりとわたしは起きていく。夫はわたしに珈琲を入れてくれる。お砂糖は? ミルクは? 夫はわたしに聞く。わたしは新聞を拡げている、髪の毛が薄くなりかかった朝の光の中の幸福な男を眺める。彼は新聞を読み、珈琲を飲むのが大好きなのだ。彼はひとり新聞が読めたらもっと幸福に違いないけれど、それでも親切に、早く飲まないとさめちゃうよなどと言う。

わたしはぼんやりと少し罅が入った中国の青い珈琲カップと受皿の模様を眺める。夫の頭の中をニュースが動いていく。わたしは珈琲をひと口飲み、皿の中の青い柳の木と湖と青い屋敷を眺める。小さな橋の上には豆粒のような男と女と男が走っている。先に走っているのは若い恋人たちなのだ。その男女を追いかけているのは年老いた父親なのだ。わたしは驚嘆して、老眼鏡を探し、ゆうべ読みかけた本をひっくりかえした。何ということだ。二十数年も珈琲を飲んでいる古い罅割れたカップと受皿の中の青い中国風の絵に古い伝説があったのだ。話というのはこうだ。一官吏の娘が父の書生に恋をした。この恋が露見したとき、頑固な父親は結婚を禁じ、娘を家に監禁したが娘はヤシの実の殻に象牙でできた帆をつけて湖に流した。その帆には「盗まれる恐れがあるからといって果実を集めないお百姓がいるでしょうか」と書かれてあった。青年は湖のほとりでその伝言を読んで、勇気を出して娘を連れだした。二人は大急ぎで宝石箱と糸巻きを持ってヤナギの下の橋を渡った。

ところが鞭をもって父親が追いかけてきた。

恋人たちは舟で湖を渡り向こう岸の塔のような家にたどりつき平和に暮らしたが、その娘の夫になろうと思っていた金持ちの老人がこの家に火をつけて、二人を焼き殺してしまった。

この皿にはさらに、その後に起こったことも描かれている。ヤナギの真上に翼を一杯に広げた二羽のツバメがくるくる廻っているが、それは嫉妬のために、人間の姿を続けることができなかった二人の恋人たちの魂がツバメの姿で永遠に愛し合っているのである。

どうして珈琲飲まないの？　と新聞を読み終えた夫は私に言った。私は何だか泣きたくなった。二組の珈琲カップにすらこんなミステリーがあるのだから、どうしてわたしたちの平凡な人生にもミステリーがないはずがあるだろう。そして、こんなふうにわたしはミステリアスな女友だちとミステリーの好きな男に囲まれて、ぼんやりと驚嘆すべき人生を送っているのである。

ミステリーの本

ところで、わたしの夫はあまりに推理《ミステリー》小説が好きで、朝起きると必ずその本の話をする。たとえば、ゆうべ、彼は本の中で、北極圏の氷山の間を船で渡って凍りつきそうだったと話した。本の名前は『ポーラー・スター』作者はマーティン・クルーズ・スミスでアメリカ人。『ゴーリキー・パーク』の続編。

今日、彼はカバンの中にエド・マクベインの『87分署』を入れて、電車の中で読み直す。

彼はダンボールに五箱もミステリーを読み、とうとうこの間息子に古本屋に売りに行くように言った。ミステリーの話をしたら切りがない。彼はまず少年の頃探偵になりたかったという。探偵はまず三日間眠らなくても平気でなければならない。探偵はまずすばらしい頭脳とすばらしい肉体を持っていて、感情や暴力や政治力に屈してはならない。また女性やお金の誘惑にも。探偵は細かい事実に異常な注意力を払わなければならない。その次に推理力。また、あらゆるミステリーに出てくる探偵はエキセントリックで魅力的でなければならない。シャーロック・ホームズ。エルキュール・ポアロ。コロンボ（これは刑事）。ダルグリッシュ（これは警視長）。フィリップ・マロウ。ｅｔｃ……。そして非常に古典的探偵は女性を守るナイト精神を持っているという。

最も魅力的な最近の探偵はモームの『M情報部員』で彼は朝起きると珈琲を入れようとするのだが、珈琲がないので、しかたなく昨日のかす粉を入れる。そして彼はモーツァルトを聴き、スーパー・マーケットで買物をしたりする。刑事コロンボはよれよれのレインコートを着て、すばらしい手帳を持っている。わが夫は縦に開く、辞書に使われるような上質な紙の手帳を求めているがなかなか入手しにくい。ポアロさんは美食と上等な舌と灰色の脳髄と最高の趣味を持っている。警視長ダルグリッシュは驚くべきことに詩人であり、詩集を何冊も出している。それから、いま流行の女っぽくて、タフな女探偵キンジ・ミルホーン。今度生まれたら、わたしも女探偵になろう。『アリバイのA』『死体のC』。スー・グラフトンの小説。

わたしは夫のおこぼれのミステリーを読んだに過ぎない。殆んど忘れてしまったが、それでも名作というものは、つまらない詩集よりもよっぽど面白いと思う。

まず、レイモンド・チャンドラー。これ程エレガントなミステリーはどこにあるだろう。チャンドラーは社長業を営む推理作家で美しい奥さんと美しい猫たちと一緒に暮らしていて病気がちの奥さんのために料理をしたり、猫のえさをやったり、皿を洗ったりして、なかなか小説を書く時間がないとこぼしている。

アメリカ西海岸の瀟洒な住宅街に起きる恐るべき犯罪を優雅な探偵フィリップ・マロウが追いかける。最後の『プレイ・バック』では銀色のステッキを持つホテル住まいの奇怪な老人とマロウは対決するのだが、とうとう殺されてしまう。この資本主義の権化のような老人こそ現代の神か悪魔なのだ。老人は言う「きみの安っぽい正義感やロマンティシズムのためにどれだけの人間が迷惑をこうむっているか考えたことがあるか?」。有名な〈タフでなければ、生きてゆけない。優しくなければ生きる価値がない。〉は彼のごく自然な人生訓だ。

チャンドラーは推理作家のモーツァルトだ。

その次に、マイ・シューヴァル、ペール・ヴァールーという夫婦の作家の十作。スウェーデンの社会派本格派警察小説、マルティン・ベックシリーズ。スウェーデンのマルメというデンマークに近い港町を舞台に繰り広げられる事件。『笑う警官』は現代の犯罪小説の傑作である。ひどく羨ましく思われたのは夫婦共同の作品で、夫が社会的事件の構成を担当し、妻が情事やいわゆる文学的情緒を醸し出すことを受け持っている。この十作の小説の幾つかのセックスの場面は忘れられない程すばらしい。さすがはスウェーデンだ、なんとデリケートなエンターテインメントなのだろうと感心した。現代のやり切れない犯罪、たとえばドッグフードを食べているわびしい独身の犯人、残酷な身につまされる犯罪の描写等、リアリティがある。またコンピューターのような頭脳を持った刑事、雨が好きで雨に誘われ黒々とした北欧の真夜中をレインコートを着てさ迷う刑事コルベリ（名前を憶い出したのだ）等男性的魅力に富んでいる。しかし、十作の後、夫のペールが亡くなり、奥さんのマイが出した十一作目はさっぱり売れなかった。

最近ではイギリスの女性作家、P・D・ジェイムズの『ナイチンゲールの屍衣』『女には向かない職業』『死の味』が圧巻だった。彼女は医師の奥さんだったが、急に未亡人となり何十年というOL業の後、本格的小説家となった。推理小説といっても純文学のように重厚な存在感がある。しかし、わたしが彼女の小説を好むのは、何よりもロンドンやロンドン周辺の庶民や貴族や金持ちや政治家や知識人の家に容赦なく侵入し、家具や調度品、窓から見える風景や庭の装飾まで細かく描写し、まるでその家に行ったような気分にさせるからだ。また絵や食物に精しく、彼女の作品の紅茶の味は忘れられない。また現代人の死や罪の意識などを、いつも隠されている心の闇を、深く鋭くえぐり出して見せる。達人だ。

その他、才能派にジンメルの『ニーナ・B事件』、ケン・フォレットの『針の眼』、フリーマントル『罠にかけられた男』、アクションものにフレデリック・フォーサイスの『ジャッカルの日』、異色傑作にギリシャのサマラケス『きず』、シックなグレアム・グリーンのスパイ小説、アガサ・クリスティの純粋な推理もの。ハードボイルドのハメット『マルタの鷹』、ディック・フランシスの競馬もの。ジョン・ル・カレの『寒い国から帰ってきたスパイ』、それから、大好きなシムノン。

最近読んだイギリスの古典派『僧正殺人事件』『ABC殺人事件』etc、etc。

これは氷山の一角にすぎない。最近では女性のミステリー作家も増えている。とにかくミステリーはわたしの一週間の恋人なのだ。

昔、Kは一週間で男をふった。水曜日頃にわたしと会うとさすがの彼女も少し感傷的になって、今つきあっている男はとても素敵だけれど一週間で別れてしまうと思うとちょっぴり悲しいとも言った。月曜日にはさりげなく、火曜日にははっとして、水曜日にすこし悲しく、木曜日は歓喜に満ちて、金曜日には情熱的に、土曜日には何かを予感して、日曜日は？？？　そして別れてしまうのだ。Kの現実のミステリーも面白かった。一度、本物のピストルをわたしに貸してくれたことがあった。わたしはカチャカチャと玩具のように玉を入れたり抜いたり、こめかみに当てたりして遊んだ。いつだったか美貌の男をわたしに貸してくれたこともあった。美貌の男は退屈だった。

けれども、わたしはチョコレートを食べたり、中華料理の後でデザート杏仁豆腐を楽しむように、びわの実を楽しむようにミステリーを楽しんでいる。

それはいまでも歓喜に満ちて出会うわたしの一週間の恋人なのだ。そして推理小説はわたしの小さなハンドバッグにも入る。

『推理小説はなぜ人を殺すのか』

さて、ここにミステリーの中のミステリー、どんなミステリーをダンボール五箱集めたよりも面白い本が出現した。本の名は『推理小説はなぜ人を殺すのか』著者は佐野衛、出版社は北宋社。ここ十年ばかり読んだ本のベストワンに入るくらいの、まるで思考と感覚のオリンピックのような本である。考えてみればなぜ推理小説が必ず人を殺すのか、わからなかった。そして、まさに人を殺すために、わたしには長い間抵抗があったのだ。この本は実に実に面白い本だ。

ソクラテスからアインシュタインにいたる科学者、哲人たちの知恵とノウ・ハウ（思考法）を総動員させて

「推理小説はなぜ人を殺すのか」という謎（ミステリー）に挑んだ本なのだから。そして、この本『推理小説はなぜ人を殺すのか』は表現におけるブラックホールを解明してみせてくれる。しかも、ソクラテスからアインシュタインまでの紹介がなされているところがミソなのだ。この本は多分、ミステリー・ファンのバイブルとなるに違いない。この本を読み進むうちに、やがて人間の深い深い謎に突入する。言い切ってはいないが、わたしたちがやってはいけない「殺人」は表現のある形でもあるという気分にだんだんさせられるのだ。つまり、「殺人」とはコミュニケーションのお終いか、（そんなことを言ってはいけないが）始まりかも知れないという気がしてくる。そこで思い出すのだが、ドストエフスキイの作品の中の「殺人」は決して偶然ではなく、単なるストーリーの面白さではなく、まさに芸術的思想の中核なのだ。そして「殺人」は「表現」ということにものすごく深く関わっているのだという気がしてくる。

そして、「表現」ということから考えると、「聖書」を書くか、「殺人物語」を書くかにかかっているという気がする。そして、「表現」はあの世とこの世を結ぶような啓示かブラックホールを求めているのだ。もし、わたしたちの間で「表現」というかたちが全面的に解放されたら、本当にこの世から「殺人」はなくなるだろう。

とにかく、こんなに知的で面白い本はない。しかし、読み進んでいくうちに自分と現代（消費生活にうずもれた奇奇怪怪な）の関わりがわかってくる。この本はそれぞれのひとがそれぞれの興味に応じて楽しく読める本である。

（「現代詩ラ・メール」36号、一九九二年春号）

夢の時・時の夢

雨が降っていて、ホテルのカーテン・ウォールをだらだらと濡らしていた。前方に大きな棕櫚の木が生えていて、その葉にも幹にもだらだらと雨が降っていた。ずっと向こうにうすい青海が細かく揺れていた。雨が降っているのにあたりは明るかった。

わたしの前の円いテーブルに腰かけた花模様のワンピースを着た老婦人は九州の詩人らしかった。もう一週間も旅しているので、お互いに口をきくのも面倒だった。

さっきから、一人の灰色の制服を着たボーイが隣のテーブルの白いテーブルクロスに一心に霧を吹きかけていた。それが彼の仕事だった。それで、布に霧を吹きかけるとアイロンをかけなくても布の皺がとれるのだとわたしは知った。彼は毎朝ホテルにやってきて霧を吹きかけるのだろうか、島のどの辺に住んでいるのだろうかとわたしは思った。

もう旅の終わりだった。雨はだらだら木を濡らし続けていた。

わたしはもうすぐ立ち去ってしまうこの瞬間が好きだった。ゆっくりと朝食をとり、バタバタと荷物をまとめて、去ってしまう。もしかしたら、この場所に二度と来ることもないだろう。わたしにも目には見えない蝉のぬけがらのようなものがあり、その透きとおったぬけがらのようなものがわたしの椅子にのこるのだろうか？

そうすればこの場所にいるのに、もうすぐからっぽになる。

わたしは煙のように消えてしまう。この感覚が何とも言えず心地良かった。たとえば、ある木の匂いか、音楽のようにしばらくあたりを漂い消えてしまう。そして明るいからっぽなものが残る。するとボーイがやってきて、テーブルクロスに霧を吹きかける。

そう思うのが、なかなか楽しかった。ミステリー小説の主人公でさえも、こんなに簡単に消え去ることはできないに違いない。少し疲れて放心状態にあり、誰とも口をきかなくても少しも淋しくなくて、いま、はっきり、わたし自身であり、そのことで充足している、といったことは東京に住んでいて雑事に追われているわたしには皆無に近かった。こんなふうにあのだらだらと雨に濡れている棕櫚の木のように、誰からも注目されずに放ったらかされているわたしとつきあっているわたしが好きだった。わたしはわたし自身からも遠くなってしまった気分だった。

子どもの頃はこの〝遠い〟という気持ちと誰からも放ったらかされているという気持ちがいつもつきまとっていた。時折、その気持ちが耐えられないほど、怖くなったり、淋しくなったりした。何か見つかるかも知れないし、どうにかなる、もっとはっきりしたことが起こる、いまに起こると思っていた。……しかし、本当に起こったのだろうか？　わたしがわたしに追いつけないという感覚、その場所に雨が降ったり、太陽が昇ったり、寒くなったり、ひとりぼっちだと強く感じたりしただけなのではないだろうか？

だから少しばかり、わたしはわたし自身がふしぎで、というよりわたしとわたしの間に太陽が昇ることがふしぎで海がふくれあがったり、岩の間になまこが泳いでいたり、海が退いたりして、〝永遠〟がほんの少し見えたのではないだろうか？

わたしは部屋に戻って十分間で三通の絵葉書を書いた。一通は島の天辺から白糸のような滝が流れている絵葉書で、鳥の好きな作家へ。「韓国の済州島という島にいます。昨日、黒と白の胸のふくらんだカササギという美しい鳥を見ました。お元気で」

あんまりあわてたので宛先だけ書き名前を忘れるところだった。

そして、もう一通は先輩詩人へ。「済州島はふしぎな美しい島です。ここの神さまは天から降ってきたのではなく、大きな穴からわき上がったのだそうです。ではお元気で」

それから、うまくいってわたしはその島から蒸発して、いまここに居て、東京の夜明けを見ている。本当にわたしはここにいるのだろうか？　たぶん、わたしはふしぎなことに出会うのが好きだから、詩人になったのだと思う。

（「something」18号、二〇一三年十二月）

詩人論・作品論

感覚によって思考する大型新人

吉原幸子

「現代詩ラ・メール」二号からまさに彗星のごとく登場した鈴木さんだが、古典的な大きな主題に素手で入り込んでゆく天衣無縫、飛躍する視野を統合する天与の構成力、そして感性のみずみずしさと言語化の誠実さとがミックスされて独自の世界を創りあげつつある。いわば〝感覚によって思考する〟詩人で、その意味では女性的ともいえよう。今後の成熟と結実とが待たれる大型新人である。

（「現代詩ラ・メール」4号、一九八四年春号）

埋蔵されている油田に期待

新川和江

鈴木ユリイカさんは、二号、三号の作品を見ても肯けるように、途方もなく大きな時間と空間を生きているひとだ。しかし今回の「生きている貝」では、時間の一端をファミリーの中につかまえ、手ざわりのある表現をして見せてくれた。譚詩風の文体を持つ作品で、言葉がのびやかに息づきつつ、諧調をなしている。まだまだ埋蔵されている彼女の油田に期待したい。

（「現代詩ラ・メール」4号、一九八四年春号）

詩の言葉の新しいオーケストレーション

清岡卓行

鈴木ユリイカは詩集『MOBILE・愛』（一九八五年）によって現代詩の新人として広く知られたが、その二年後の詩集『海のヴァイオリンがきこえる』（一九八七年）ではさらに目ざましい飛躍が試みられており、一つの鮮やかな特徴をあげると、日本の詩に今までちょっと類例がないような型の、いわば詩の言葉のオーケストレーションが示されている。正直なところ、私は驚いた。

オーケストレーションという比喩を用いたのは、この詩集による感動の生じかたが、まるで現代の優れて野心的な管弦楽曲の新作を初めて数回、短時日のうちに聞いたかのようなものであったからだ。

一回目には、いくぶん難解でとっつきにくい冗舌とも感じられたが、もう一方においてふしぎに生き生きとした新鮮な魅力があり、忘れがたく、またここに戻ってきそうな予感がする。——一種の茫然。

二回目には、作品全体の構成がむしろ自然に、そして力強く浮かびあがってくるのが眼に見えるような感じであり、変容しながら移動するその建築の中に自分がたえず引き込まれてゆこうとしていることが、なかばは醒めた状態で意識される。——一種の興味津津。

三回目からは、くりかえし鳴りひびく重層的な主題の伸びやかな持続性や、きらきらと輝やく分離的な色彩の奥深い立体性などを、すでに親しいもののように感じ、いつのまにかうっとりと嘆賞している。——一種の快い自己発見。

『海のヴァイオリンがきこえる』は力感の溢れる九篇の長い詩で組み立てられている。一篇の長さは一行が三十字という枠組において、百数十行のものが多く、特に短い一篇が七十三行、特に長い一篇が二百八行である。

ルフランが二通り用いられている。一つは共通して終わりでくりかえされる「チェス盤に降る雪は降りつもり降りやまじ」（まれにその変形）、という、いわば統一的な主題の一行である。西欧の文物の一部が溶け込んでいる私たちの生活の日常の平穏への、別の次元からのきびしい、あるいは甘い呼びかけの暗喩として、また、詩篇を結ぶためにそこだけ文語の同一語数の二重の反復（五・五・五・五）として、この一行はたいへん印象的だ。
　もう一つのルフランは各篇ごとにその内部でだけくりかえされるもので、詩集と題名を同じくする冒頭の詩篇ではルフランがまた同じく「海のヴァイオリンがきこえる」である。この一行は生者につたわってくる死者の思い出をかたどるが、そうした一般的な関係の中で、ダムや橋を建設した父の思い出が甦ってくる。彼はときに家族の繊細さを理解しなかったが、ヴァイオリンそのものを優しく弾いた……。

海のヴァイオリンがきこえる／わたしはあなたが正しい姿勢で優美にヴァイオリンを顎にはさんで立つのをみるのが好きだった／あめ色の石で弦の手入れをするのをみるのが好きだった／生きているときにあなたは憂鬱な天使にとりつかれていたのであなたがあんなにたくさんの仕事をしたなんてわたしは知らなかった／あなたの造ったダムや橋や無人灯台はどこにあるのですか？／あの憂鬱な大きな女の天使はいまでもあなたにとりついているのですか？／アルベルト・デューラーの「メランコリア・I」という銅版画《エッチング》をみたときわたしはあっと驚いてしまった／あの銅版画のなかにあったコンパスや魔法陣、砂時計や秤、鋸、のみ、金槌、釘、ふいご／それから暗い海の向うで／にたにた笑っている蝙蝠／あれはあなたの部屋そっくりだったから／あなたが生きているとき／わたしたちにはあの憂鬱な天使はみえなかったのです

　死んだ父の像が、娘からの深い愛の言葉という照明を浴び、その言葉づかいの独自に多角的な意味・影像・音楽を通じて、——つまり、ここでいう言葉のめざましいオーケストレーションを通じて、きびしい明暗の交錯のうちに、簡潔な立体性をもって浮かび上がっている。

（『郊外の小さな駅』一九九六年、朝日新聞社刊）

愛の詩人

井坂洋子

私は鈴木ユリイカの詩を読んでいつも感じることがある。口にだしてしまうと陳腐かもしれないが、あえて言うと、こうなると思う。「この人は、たいていの人が信じるのを諦めてしまった、生きていく上でなにかとても大切なことを信じている」。

たとえば、次に掲げる「生きている貝」という作品。詩を読んで泣く、という経験はめったにないが、私はこの詩を読むときまって胸がいっぱいになってしまう。別に、作者は、既成の宗教を信じているわけではないと思う。しかし、宗教を持たない者でも、これくらい切々と、ただの暮らしを、自然の無限とも思える営みの中にとらえ返すことが可能なのだ。

私は、「生きている貝」の、目には見えない生の時間がある形になっているという発見や、その発見が、海岸で買った貝の形を通してなされているなまなましさや、台所の隅での二人の抱擁に感銘を受ける。でも、それだけでは感動に至らなかったかもしれない。この詩の基調をきめた、もっとも卓越したイメージは、にれけやきの描き方にあるのではないかと思うのだ。生まれたばかりの息子を窓から覗きにきたにれけやきが、何日も何日も息子をあやしていたということ——ここに、この詩人の信仰があると思う。

まったく、なんのつながりもなく、地上に投げだされていると思える自然や人やモノ。それらが緊密な結びつきをもって、互いに作用を及ぼし合っているという直観。それに導かれて書きあげられた詩は、意図などという策術を超えた、ひどく人間的な投網だという気がする。また、そういう詩人だからこそ、既成の宗教の代わりのように、芸術礼賛の気風があり、「生きている貝」にもミケランジェロのピエタなどが登場するが、芸術作品をその詩の中でとりあげることが多い。それも鈴木ユリイカの詩の特徴のひとつだろう。

最新詩集では、「われわれの内部の絶望や希望や恐怖や腐敗を見るのでなく／われわれの内部の砂漠や空や海や山や森を見よ」と言っている。自分たちがそこからあがってきた海を前にするとき、人々はつつましい、と。太古から変わらぬ愛の倫理が、科学技術偏重の現代においても切りたった表情を見せている。

（『詩のレッスン』小学館、一九九六年刊）

雪の降る国　ユリイカさんの詩

中本道代

あまり過去のことをよく覚えている方ではないのだが、鈴木ユリイカさんに初めて会った時のことははっきりと覚えている。それはやはり、ユリイカさんが非常に個性的な、それまでに会ったことのないタイプの人だったからだろう。

一九八四年のことだったと思う。永塚幸司さんの詩集の出版記念会の案内が届き、「彼は知人が少ないのでぜひ出席してあげてください」と幹事の方の手書きの添え状が入っていた。私も二年前に第一詩集を出したばかりで知人が少ないのは永塚さん以上、永塚さんにも会ったことはなかった。

会場に入ると、すぐ後から来た人が受付で「鈴木ユリイカです」と名乗っている。その奇抜な名前は見覚えがあったので、持ち主を思わず見てしまった。四十歳くらいのその人は、しっかりとした自己を持ち、けれど私と同じくらい人慣れしていないように見えた。

ユリイカさんと私が相前後して会場に入る、という偶然がなかったら、私たちはその日話をすることもなく別れていただろうか。そうしたら、私の人生のコースは多分少し違ったものになっていただろう。

ユリイカさんは永塚さんが詩集を二冊も送って来たと言った。「にさつも」と、「に」のところにアクセントをつけた眼をむいたような言い方はユリイカさん独特のものので、何となく、日本語を話しているのではないようなな感じがした。もちろん、ユリイカさんの言葉がたどたどしいわけでも、外国人のようだというわけでもないのだが、なぜか、他の人が話す日本語とは違っていた。

私は第一印象というものをどちらかと言うと信じている。第一印象はその人の表層的な姿ではないかもしれないが、その人らしい何かを探り当てているのではないかと思っている。私がその日ユリイカさんから受けた印象は、どこか荒れ果てたアパートの一室で、一人暮らしをしている人、というイメージだった。荒れ果てた、というのは、住まいを整えるとかきれいにするとかという平凡なことには全く関心を持たず、身過ぎ世過ぎの仕事にも一切関わらず、ただ詩や芸術などの形而上的なことだけを考えて生きている人、という強烈なイメージだった。私には想像もつかない、見たこともない生活が、靄のようにユリイカさんの体をとりまいているように見えた。

私の第一印象はやがて間違っていたことがわかり、意外な思いをした。けれど、精神的にはニュートラルで、世俗的な繋がりや飾りが感じられない孤独な相貌は、ユリイカさんの詩人の魂を証するものではないだろうか。

その日は二次会の喫茶店でも話をし続けた。ユリイカさんはトリスタン・ツァラと新川和江さんの詩が好きだと言った。またジュリア・クリステヴァのことをしきりに話し、よほど感心しているようで「ジュリア・クリステヴァ」とまたあの独特の、一語一語引き延ばしたような言い方でくりかえした。

ユリイカさんは私の第一詩集を読みたいと言った。自分はまだ詩集を持っていない、詩集を作るより「外国に行っちゃう」と言った。そんな言葉からも、ユリイカさんの生き方の大きさがおぼろに感じられるようだった。

そして前年に創刊されたばかりの「現代詩ラ・メール」の話になり、まだ発表されていないが、ユリイカさんが第一回のラ・メール新人賞に決まっていることを知った。

私はユリイカさんに詩集を送った。するとある日ユリイカさんから電話がかかってきて「あなたの詩集読んだの。それで、わたし、あなたと友達になりたい」と言った。私はもごもごと返事をしながら内心ひどく驚いていた。小さい子のようにあまりにも率直で、一生懸命な響きだったから。こんなふうにまだあまり親しくはない相手に向かって言う人は知らなかった。その声の響きはユリイカさんのことを考えるときにはいつでも、心の奥底からよみがえってくる。

ユリイカさんは新人賞を受賞してからどんどん脚光を浴びていく。私はユリイカさんに導かれるようにラ・メールの会に行き、新川和江さんと吉原幸子さんにお目にかかり、最初一回投稿しただけでやめていた投稿を始めた。それからしばらくは先輩として何かとかばってくれるユリイカさんの後をついて歩いていた気がする。

ユリイカさんは豊かな知性と教養を持っている人だが、子どものように率直で正直な人でもあり、私はいつも驚かされてタジタジしていた。その頃、ユリイカさんは沢山の話をしてくれた。若い頃の寺山修司とのつきあい、今はパリに住む親友との日々、結婚のいきさつなど、六〇年代の「革命」を信じて生きた青春のアウラがキラキラとまぶしく感じられた。六〇年代に地方の中、高校生であった私には、同じ日本の出来事とは思われず、ユリイカさんの話にフランス映画のようなテイストを味わっていた。そう言えばユリイカさんは「ザジ」という愛称で呼ばれていたという。

やがてユリイカさんは國峰照子さんを編集長に同人誌「ハリー」を創刊し、私も参加して多くの人が行き交うにぎやかな一時期を過ごしたが、「ハリー」も「現代詩ラ・メール」も終刊する時が来てユリイカさんと会うことも少なくなった。その後もときたまユリイカさんから電話がかかってきて「原爆って、広島が宇宙になったことだと思うの」と興奮したように話してくれることもあった。ずっと後でユリイカさんは田島安江さん、棚沢永子さんと「something」という雑誌を創刊し、原爆に関する詩を載せるようになった。それらの詩に感動して電話をすると、「あなたは広島の人だから、そう言ってくれるとうれしい」と言い、「誰も何も言わないからもうやめようかと思っていた」と言った。誰も何も言わないとは不思議なことだ。世界の孕んでいる巨きな恐怖を感じないではいられないのに。

あまり会わないでいた年月の後で、最近何かの会で偶然ユリイカさんに会うことがあると、夢中で話し込んでしまう。相手が詩を書くからといって詩の話ができるとは限らないのだが、ユリイカさんとはどんどん詩の話がしたくなるのは、ユリイカさんがいつまでもまっすぐな詩への情熱や理想を持ち続けている人だからかもしれない。

ユリイカさんは「生きている貝」という作品でラ・メール新人賞を受賞した。第一詩集『MOBILE・愛』の巻頭を飾るこの作品を、もう何度読んだことだろうか。私がこの詩を何度も読み返してしまうのは、何か私にとって気になるものがあるからだ。それが何かわからなかったのだが、今回読んでみてわかったような気がした。それはつまり、わたしはこの詩のテーマであるものよりも、テーマとは別に背景としてさりげなく書かれていることの方に心を惹かれているということなのだ。

外では雪が幽かに降りはじめたようだ

私はこの書き始めの一行に引き込まれる。次に

私はそのときひどく感動して
冷気の中で目をぱっちり開けた

この「冷気の中で」という言葉。そして

それは白い冷たい椿の匂いのように
私の方に流れてきた

そして最後の連の一行目

外では雪が降りしきっていた

抜き出したこれらのフレーズがなかったら、この作品の魅力は私にとっては少なくなるかもしれない。この作品は人間が時間によって形作られていく「生きている貝」だという発見＝思想が語られ、自分の人生の最も尊い二つの時間が語られているが、それだけでは読み手からは距離があるかもしれない。冷たい雪、白い椿の匂いなどの「感覚」が、個人と外界との触れあう面に生じ、それが翳り（秘められたもの）として感情に言葉になる以前の陰翳を作る、その微細な作用によってこの詩は人の心に浸みこんでくるのではないだろうか。

「燃えたつ青空の中の透けるような／私たちという貝が見え」、世界に沢山の美しい芸術作品が残され、個人の生にはすばらしい瞬間がいくつもあったとしても、今、外では雪が降りしきっている。雪はすべてを原点に引き戻すようにも、零度まで冷ましていくようにも感じられ、幽かな不安をつきまとわせている。けれど、それだからこそ、生の小さな愛しさは強くなるのだ。

また、ピエタから流れてきたという「白い冷たい椿の匂い」は、死と愛が一体になった聖なるものの薫りなのだ。そう思って見ると、ユリイカさんの詩には「雪」と「白い」という言葉が頻出することに気づく。二冊目の『海のヴァイオリンがきこえる』という詩集では、全作品が「チェス盤に降る雪は降りつもり降りやまじ」という「呪文」で終わっているほどだ。

ユリイカさんはエッセイの中で、この呪文は「ほんとうは雨でもよかったのだ」と書いているが、私はユリイカさんの詩にとって雪は何か本質的なものだと思う。白く冷たいもの、静かなやわらかいもの、天から限りなく降りてくるもの、そういう雪が、ユリイカさんの詩に、言葉以前の世界の、震えるような物質的手ざわりを与えている。それは死や恐怖であり、やさしさや夢であり、始まりであり終わりでもあるもののように思われる。

雪がふるとおもうのだよ　子どもよ
あとからあとからふってくる

このしろいせかいのずっとむこうに海がある
海にまっすぐきえる雪
（「子どもに贈る」）

ユリイカさんの詩の中の「海に降る雪」に私は魅了される。このモチーフは後にも繰り返されて、「something」16号の「人の望みの喜びよ」という作品ではこのようにあらわれている。

海に降る雪をみたことがあった
雪は海にも陸にも降っていたが
海はひどくしずかに雪を受けていて
海は海であった　わたしは雪のうえに寝ころんで
海に降る雪をみていたが
十二年間も重くガチガチに固くなっていた自分が
ひとひらの雪のように軽くなっていくのを感じた
夜明けが近づいてくると輝く雲が目の前に現れ
ゆっくりと扉がひらくように
誰かが雲のうえからこちらをじっとみていた
人間なのか動物なのか木なのかわからなかったが
わたしはすぐさまその雲に乗りたいと思った
けれども雲は消えてしまった
十七歳の冬の終わりだった

そして、この詩の最後に「わたしは生きる喜びを忘れたことがない」と書かれている。雪はユリイカさんの心のもっとも静かなところにあり、常にそこに引き戻し、そこから新しく生き始めることができるような原郷なのではないか。そして私は、そういう見えない雪を感受する、やわらかくみずみずしい詩心に魅かれている。海という、深々とした命の集合に降ってくる雪。そこには生死を媒介する清らかさがある。

わたしが『MOBILE・愛』の中で特に好きな「冬あるいは死」という作品がある。

真四角に刻まれ透きとおった水の側で
小さな声がする
あの薔薇はほんとうに咲くかしら？
いつ咲くの？

すべてが死に絶えたかと思われる冬の庭園で、水の精のあどけない声が尋ねている。水の精も薔薇の芽も、消えてしまいそうな本当に小さな弱々しいものたち。けれど、やがて大きく花ひらく時が来るのだ。今はとても信じられないことに思えるけれど。薔薇がユリイカさんの詩、水の精が幼い時のユリイカさんだと読むことができる。そして、私たちすべての望みのことだとも。

雪や冬がユリイカさんに親しいのは、ユリイカさんが青森県の八戸で子ども時代を過ごしたことも関係しているのだろう。厳しい父上のもとで育った子ども時代を回想する詩の中で、こう書いている。

女の子というものは体のなかにちいさな花や星や貝がらや何かをたくさん持っていて
いつもやさしくゆすっているのです
体のなかに深いよろこびや痛みやかなしみを持ってい
て　ずっとたってから少しずつ
子どもたちに分けてあげるのですよ
それは何かとてもデリケートなもので
ある神経に触れるとズタズタに引き裂かれてしまうよ
うなものなのですよ

（「海のヴァイオリンがきこえる」）

また、空の巨人や地を旅していく急流のことを書いたスケールの大きな「歌」という詩の最後に、こう書かれている。

しかし　もどらぬものもある
それははじめて
あなたがわたしを見つめた日
わたしがふるえた日
逃げてしまった夏の道

このおずおずとした繊細な「女の子」の心が、ユリイカさんの詩心の奥にある。そして後に「世界人」となったユリイカさんは、そういう心をズタズタに引き裂くような「ある神経」と言葉で闘い、人間のデリケートさ、弱さ、やさしさ、幼さを断然擁護する、熱い愛情を育んでいったのではないだろうか。

「世界人」とは、ユリイカさん自身がエッセイで「世界人になりたかった」と書いている言葉だ。ユリイカさんの詩の中には一貫して、人間の原型ともいうべき人の影がある。「ホモ・サピエンス」と呼びたいような、遠い過去から未来に渡る、人類を代表する一人の「人間」のシルエット。苦しみながら絶えず新しくなろうとしている人間、重大な傷を負っていながら歩き続けようとしている人間、神ではなく、あくまでも人間の側の理想の姿である。時にそれは地球そのものであり、海の中に未来の胎児として眠っていたりする。そして、人間とは男、女、子どもという単位を持つものとして、聖家族のような家族の原型が何度も登場してくる。

私はユリイカさんの詩は、ピカソと共通する部分があると思う。ピカソも、人間という原型、男や女の原型を幾度も幾度も捉えなおした芸術家ではないだろうか。

人間が人間を世界規模で殺戮するようになり、地球が「青い青い涙をいっぱいにためた」(「冬の胎児」)星になった二十世紀。ピカソの芸術もユリイカさんの詩も、そういう二十世紀の中心から生まれ出ている。

宗教はしばしば人を束縛し、抑圧する。神や宗教に依らなくとも、人間は人間が本来内に持つ力で、祈り、望み、愛し、未来を作っていくことができるのではないかという、精神の自由への信頼がユリイカさんの詩を支えている。けれど、その前には二十世紀の真ん中で世界を引き裂いた、原爆の問題が立ちはだかっている。原爆や原子力について十分に考えないままで、世界や人間を考えることはできないだろう。こうして、現在に至るユリイカさんの姿があるのだと思う。

交通や通信の手段が高度に発達した現代は、恐怖もまた広く深く錯綜している。「繊細な通底器」(「思い煩うな」)であるユリイカさんの詩が、いっそう貴重なものに思われる。

(2015.3.17)

詩は降りつもり降りやまじ

三角みづ紀

詩と向き合いはじめたころ、戦後詩と戦前詩の区分をつけることの理解ができなかったし、自分がゼロ年代詩人と呼ばれることの理解ができなかった。大袈裟にいってしまえば近代詩と現代詩の区分をつけることさえ無意味に思えてしまうのですが、例えば音楽。それがどんな音楽かと説明すること、ジャンルにあてはめることは奏でる立場からしたら無粋に感じてしまうけれども、聴く側からしたら親切な行為なのかもしれない。一言でジャズといってもスタンダードもフリーもオリジナルもあり、音楽家のためではなくリスナーのために区分はある。

そうなれば詩に区分をつける意味は理解できる。心の底から納得はできなくても、かなしいかな、大人になって理解はできるようになってしまったし自分の世代がゼロ年代と呼ばれることも読者にとってわかりやすい。ものわかりが良くなったのか定かではないが、つっぱねることをしなくなった。

しかし、それらを越えて詩は詩として輝き、時代は関係なくして瑞々しく生きている作品群は堂々と存在する。鈴木ユリイカ詩集のゲラをめくって、背筋が凍る想いで電車に揺られていた。たちまちに車内の風景は色褪せ、薄っぺらく退屈な世界にユリイカさんの文字が鮮明に浮かび上がる――。ユリイカさんは自分が宇宙を内包する詩人であることを知っているし、ただちっぽけな人間に過ぎないことも知っている。その思考の飛躍は随所にあらわれる。

世界の現象というものはいつも目に見えている。私は街をひとりで歩く。すると街はガラスの爪で動物のように私に襲いかかり、私を分析し、私を嚙み砕き、私を吐きすてる。夏の日、冬の道、豹変する数字、乾いた死の記号。波打つ群集。(「MOBILE・愛　C」)

このように女は見えるものと見えないものの間に二重に生きている。言葉にできるものと沈黙の間に。モビールは動き続けている。（「MOBILE・愛　D」）

《核戦争後の地球》をテレビで見たあと
地球が不気味な雲に覆われるのを見たあと
生きているものが地上からなくなるのを見たあと
台所でガタガタ震え　皿を洗ったあと
接吻のあと　あなたの頬を手で覆い
取り返しのつかない悲しみに襲われたあと

（「冬の胎児」）

世界の現象というものはいつも目に見えているから冷静であるが、生きているものが地上からなくなるのを見たあと台所でガタガタ震えている。まことに人でありま す。感情を持ち、地球の裏っ側まで豊かなまなざしを向ける。詩篇を支える力は情熱でしょうか。生きることに油断せず、けれどもたっぷりと夢想するのだ。詩人の目で、人の感情を持ち。

鳥たちはああ何ていいんだろう
何ていいんだろう

（「木に触わる盲目の男の歌」）

この二行において、ああ何ていいんだろうと反芻してしまう。ああ何ていいんだろう何ていいんだろう。感嘆はページからあふれだし、わたしがユリイカさんの詩に抱く言葉はまさしくこの二行だと確信しました。ユリイカさんの詩はああ何ていいんだろう。越えてしまう。そこに詩篇があれば、書かれた時代も読まれる時代も越えて愛があるのだ。詩への愛、日々への愛、自分への愛、自分を透かして目撃する出来事への愛。

愛がすべてと常に考えていて、詩を愛していますと発してはそのことについてしばしば問われるのですが、自分がこの世からいなくなっても詩が残っていれば人々はそこに愛を見つけることができると信じています。ユリイカさんはまさしくそのように生き、そのように書き、詩への愛を教えてくださる。海外の詩祭に招聘いただく機会が増え、「日本の詩はどのようなルーツか?」や「あなたはどのように伝統を継いでいますか?」とインタビューされるとき「日本の詩は自由であると思いますし、先輩である詩人たちが詩を愛し言葉を愛していることをわたしは忘れないで書き続け、次の世代に渡していくのみです」と答えます。

詩に区分をつけることに心から納得できないとしても、詩を愛して詩を書く情熱を受け取って、受け渡す。それがいまの日本の詩の世界には必要であるのでしょう。だからこそユリイカさんの愛と情熱が滲み出る詩篇は、どの時代でも読まれるべきものです。

もし愛があるなら本の頁を開け　わが子よ
そうして　もっと深い渇きから
ひとびとの心の闇にきらめく地下水に耳をつけよ
すると　おまえは甘い大地に飲みこまれる飲みこまれる

（「愛の本」）

ところで、この解説はゲラを読み進めながら同時に書き進めていたのですが、冒頭の詩の区分について書いてからエッセイまでたどり着くと「わたしはこうして発見した」で現代詩に対して深い悩みを抱いていたと記されてあり、驚いた。やはり、詩はわたしたちが生まれる前、そのずっと前の前から連なる一冊の書物として在る。その本の背中の接着剤とは大勢の詩人が詩人としての覚悟を持ち、愛を持って情熱を持って書いている強度により造られている。何ていいんだろう。ユリイカさんの詩は降りつもり、降りやまじ。その雪は永久に溶けることはないのでしょう。

（2015.3.13）

現代詩文庫 220 鈴木ユリイカ詩集

発行日 ・ 二〇一五年八月二十日
著 者 ・ 鈴木ユリイカ
発行者 ・ 小田啓之
発行所 ・ 株式会社思潮社
〒162-0842 東京都新宿区市谷砂土原町三―十五
電話〇三（三二六七）八一五三（営業）八一四一（編集）八一四二（ＦＡＸ）
印刷所 ・ 三報社印刷株式会社
製本所 ・ 三報社印刷株式会社
用 紙 ・ 王子エフテックス株式会社

ISBN978-4-7837-0998-5 C0392